KB174336

To 추억의 친구들을 기억하는

에게

From

서로 생긴 모습은 달라도
우리는 모두 친구

©1997 Nintendo Creatures GAME FREAK TV Tokyo ShoPro JR Kikaku ©Pokémon.
포켓몬스터, 포켓몬, Pokémon은 Nintendo의 상표입니다.

copyright ⓒ 2020, 안가연
이 책은 한국경제신문 한경BP가 발행한 것으로 본사의 허락 없이 이 책의 일부 또는
전체를 복사하거나 전재하는 행위를 금합니다.

서툰 어른이 된 우리에게,
추억의 포켓몬 에세이

서로 생긴
모습은 달라도
우리는
모두 친구

안가연 지음

마시멜로

자! 이제 시작이야

인생이란 리그 위에 선 우리에게

어른이 된다는 건 뭘까? 나는 그것이 인생의 슬픔들을 아무렇지 않게 마주할 수 있는 거라고 생각했다. 그런 어른이 되는 동안 나는 과묵하고 진지한 사람이 되었고, '나답지 않은 걸 보니 나도 나이가 들었다' 이런 얘기들을 웃으며 꺼낼 수 있는 사람이 되어 있었다. 그러다 어느 순간 이게 진짜 나일까, 이렇게 슬프고, 고통스럽고, 인내하는 것만이, 인생의 다는 아닐 텐데… 라는 생각이 들었다. 하지만 언제나 그렇듯 내 앞에는 현실적인 문제들이 산적해 있었다.

그때 우연히 땅에 떨어져 있던 '럭키' 카드를 발견했다. 럭키는 행복을 가져다준다고 알려져 있는 포켓몬.

어린 시절 〈포켓몬스터〉를 사랑했던 나는 매일 TV 앞에 앉아 만화를 본방사수했다. 그리고 엔딩곡의 멜로디가 흐르기 시작하면 '맞아!맞아!'라는 후렴구를 따라 부르며 TV를 끄고 기분 좋게 하루를 마무리했다.

스티커를 모으기 위해 매일 줄서서 빵을 사 먹고, 100여 종이 넘는 캐릭터 이름을 줄줄 외우고 다녔다. 스티커 때문에 아이들이 빵을 사 먹는다는 뉴스에 어른들은 혀를 끌끌 찼지만, 그 시절 우리가 누가 시키지도 않은 것을 유난스레 정성껏 했던 것은 아마도 귀여운 캐릭터만큼이나 따뜻한 만화 속의 메시지 때문이 아니었을까?

피카츄는 친구를 좋아한다. 꼬부기는 서툴지만 귀엽다. 파이리는 솔직하다. 잠만보는 느긋해서 보고 있는 것만으로도 왠지 힐링되는 기분이다. 어, 너는 어쩐지 꼬부기를 닮은 것 같은데? 우리는 그런 특성에 맞춰 서로에게 별명을 지어주고는 했다. 가끔은 겁 많은 꼬부기를 걱정스럽게 바라보다가도 귀여운 모습에 그만 피식 웃어넘기고 만다. 단점이 있으면 반드시 그 단점을 상쇄하고도 남을 만큼의 많은 매력을 가지고 있다. 그게 〈포켓몬스터〉의 매력이 아닐까? 그것은 지금의 우리에게도 적잖은 위안의 감정을 느끼게 해준다.

누구나 완벽한 사람은 없다. 하지만 누구에게나 자신만의 존재의 이유가 있다. 작은 몬스터볼에 담겨 어쩔 수 없이 인생이라는 리그 위에 던져졌지만, 우리는 서로의 인생의 라이벌인 동시에 '우리는 모두 친구!'라는 사실은 여전히 변함없지 않은가.

그 사실을 알게 된다면 우리는 서로에게, 그리고 앞으로의 인생 앞에 좀 더 너그러워질 수 있을 텐데 말이다. 만화 속에서도 승부의 세계는 냉정하다. 그리고 우리의 삶은 그보다 좀 더 치열하다. 하지만 그 결과가 어떻든 서로에게 "좋은 승부였다"라고 말하며 기분 좋게 돌아설 수 있다면 얼마나 좋을까?

이 책은 이렇듯 부족하지만 귀엽고, 때로는 서툴지만 따뜻했던 그 시절의 우리에게 추억의 포켓몬 친구들이 전하는 이야기다.

서로 생긴 모습은 달라도
우리는 모두 친구

차례

어른이 되어서도 서툰 것은 있기 마련

자신을 잘 대해줘야 해

시간이 좀 걸리더라도

쓴맛의 추억

우리에게도 등껍질이 필요해

행복을 찾아내는 능력

누군가의 마음의 공간이 되어주자

괜찮다, 결국엔 모든 게 동그래질 테니까

네버 엔딩, 좌절 금지

열심병에 걸렸다

작은 존재에게

오늘로 충분한 이유

없는 것을 상상해내는 능력

지나간 뒤에 슬퍼지는 것들

마음먹기 기술

지금은 아니지만 언젠가

운 질량 보존의 법칙

나를 돌보는 사람은 결국 나

좋고 싫음의 분명함

나도 한때는 한 성격하던 애였는데

마음이 간질간질

내가 싫어지는 날의 처방전

아무것도 하고 싶지 않아

어른이 되기 위해 필요한 것

슬럼프에 빠졌을 때

어떻게든 되겠지

저녁형 인간

생각 소유권

슬픔을 통과하는 중

슬픈 음악은 틀지 마세요

마음이 다치진 않았으면 좋겠어

힘내라는 말 대신

말 때문에 자꾸 움츠러든다면

적당함의 적당함

나를 가장 잘 아는 사람

누구에게나 자신의 때가 있다

그 속을 누가 알겠어

나 자신을 사랑하기

직장 내 상대성 이론

쓸모없음의 쓸모 있음

잘 기억하기의 의미

말의 가시

외로움 연습

겉과 속이 다르다

꿈을 먹고 산다

이 책에 등장하는 포켓몬 도감

우리들의
주변에는
언제나
포켓몬이
있었다

첫 번째 이야기

어른이 되어서도 서툰 것은 있기 마련

어떤 일을 잘 해내야겠다는 생각에 어깨에 잔뜩 힘을 주고
앞만 보고 달리다 보면 문득 전혀 엉뚱한 곳에
와 있음을 깨닫고 멈칫하는 때가 있다.
그런 순간은 어김없이 '아, 나는 바본가?'라는 생각에
등골이 서늘해지고, 장이 배배 꼬이는 듯한 느낌이 들면서
머리를 쥐어뜯으며 그 자리에 쪼그려 앉고 싶어진다.

그러나 아무리 나이를 먹어도,
인생 경험이 많아도,
모르는 것이나 서툰 부분이 있기 마련이다.

괜.찮.다.

처음 하는 일이라면 더욱 그렇다.
모르는데 운 좋게 넘어가는 것보다는
실수를 통해 더 배울 수 있으니,
이번 기회를 통해 더 단단해진다고
생각하면 어떨까?

서툰 것이 아니라
연습을 하는 과정이라고.

자신을 잘 대해줘야 해

우리는 누구나 넘어진다.
하고 싶은 것이 많고,
의욕적인 사람일수록 더 그렇다.

의욕적으로 움직이다가도,
넘어지고 나면 한동안은
우울해지고 작아지는 기분이 들 것이다.
그럴 때는 다시 일어나서 거울에 얼굴을 비춰보며
자신에게 괜찮아,라고 속삭여보자.
바보같이 눈앞에 놓인 돌부리를 못 보고
왜 넘어졌는지 자꾸만 생각하지 말고,
나 자신에게 좀 더 친절해지자.

넘어졌다는 것은 앞으로 나아가기 위해
노력했다는 증거니까,
힘든 하루를 보낸 나 자신에게
좀 더 친절해져도 되지 않을까?

처음 넘어졌던 때의 아픔을 기억하기에,
말처럼 쉽지는 않겠지만 말이다.

툴툴 털고 일어나 다시 용기를 내보면 어떨까.

"첫인상이랑 다른 거 같아요."

시간이 좀 걸리더라도

그런 소리를 자주 듣는 사람들이 있다. 무뚝뚝한 말투와 표정, 특유의 차가운 분위기 때문에 가시를 두르고 있는 것 같아 선뜻 다가가기 힘들지만, 막상 벽이 허물어지고 나면 스스럼없이 나를 보여주는 사람. 그런 사람일수록 멀리서 바라볼 때보다 알아갈수록 장점이 보이는 경우가 많다. 인간관계를 유지하는 중요한 요인 중 하나가 새로운 모습을 알아가는 재미라고 하는데, 그렇다고 한다면 관계의 문제에 있어서는 알아갈수록 색다른 모습을 보이는 사람일수록 더 좋지 않을까?

다만, 천천히 나를 드러내는 사람에게는 조금 더 시간이 필요하다. 그러니 서로의 시간대가 다른 것일 뿐이라고 생각하고 조금 마음의 여유를 가지면 어떨까.

자신의 성격이 내성적이라거나, 쉽게 나의 장점을 내보이지 못한다고 해서 너무 조급해하지 말고 그런 자신의 시간대를 지켜나가면 어떨까?

꿈에 있어서든,

인간관계에 있어서든,

어떤 풀기 어려운 문제든,

각자마다 풀리는 시간대가 다르니 말이다.

쓴맛의 추억

첫 아메리카노에 대한 기억은 좋지 않았다.

아직 20대이던 시절 커피 전문점이 처음 생기기 시작했을 즈음에 친구의 손에 이끌려 가 처음 맛본 아메리카노에 대한 기억은 입이 얼얼한 정도로 강한 쓴맛으로만 남아 있다. 강한 쓴맛에 한참 인상을 펴지 못하자 친구는 '이런 게 인생 맛이지'라는 듯이 의기양양하게 웃었다.

'도대체 왜 이런 걸 맛있다고 마시는지 모르겠어.
이게 무슨 맛이지?'

그렇게 생각하면서도, 요즘에는 이런 것이 유행이구나 하고 넘어갔었다. 하지만 머릿속에 강한 인상으로 남아 있던 그 맛은 가끔씩 떠올랐고, 어느새 지금은 아침을 쓴 커피 한 잔으로 시작하지 않는다는 것을 생각하기 힘들 정도로 향기와 특유의 쓴맛에 중독되었다.

어떤 일을 처음 시작할 때도 그렇다.

첫맛이 톡 쏘고 씁쓸하다고 해서
지레 겁먹고 너무 피하려고만 하지 말자.

무엇이든 자신의 분야에서 안정궤도에 오른 사람들은
모두 이런 씁쓸하고 강한 첫맛을 경험했기에
지금의 그 자리에 있다는 사실을 기억하면,

그 첫맛의 씁쓸함도
설렘으로 다가올지 모르니까.

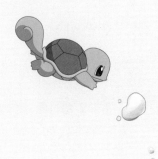

유독 피곤하고 지치는 일이 여러 가지 겹치는 날이면
혼자 이런 상상을 한다.

우리에게도 등껍질이 필요해

잠시 스톱 버튼을 누르고,
등껍질을 꺼내어 그 안으로 걸어 들어가는 거다.
그러면 내 몸에 딱 맞는 작고 아늑한 등껍질이
나를 이불처럼 포근하게 감싸준다.

내가 나 자신으로 있을 수 있는 작은 공간,
사람이든, 취미든, 작은 공간이 되었든
누구에게나 그런 등껍질이 필요하다.

행복을 찾아내는 능력

꽃을 찾는 나비가 꽃밭이 아무리 먼 곳에 있어도
향기를 따라 찾아가듯이
행복하다고 말하는 사람들은 어떻게 해서든
자신이 행복할 수 있는 방법을 찾아내는 사람들이다.

20대 초반 국토대장정을 밥 먹듯 가는 친구가 있었다. 그 힘
든 여정을 해마다 떠난다니 굉장하다고 생각했다. 힘들지
않을까? 그렇게 매일 걷다 보면 걷는 것도 좋아지나? 아님,
어떤 깨달음이라도 얻었나?

궁금증을 참지 못하고 친구에게 물었다. 왜 고생을 사서 하
는 거냐고. 그러자 빤히 내 얼굴을 바라보던 친구가 머쓱한
얼굴로 말했다.

"막상 그 당시는 정말 죽을 만큼 힘들기만 해. '아, 걷고 있는 지금이 너무 평온하고 좋다'라는 생각은 들지 않아. 그렇다고 일상으로 복귀했을 때 내 일상이 크게 달라지는 것도 아니야. 떠나기 전과 같은 생활이지만 한 가지 다른 것은 국토대장정을 완주하고 온 이후, 집이 너무나 편안하고 소중하게 느껴진다는 거지. 매 순간순간 단조로운 일상 속에 소소한 행복이 얼마나 많은지 잘 느끼게 해줘. 그 행복을 잊어갈 때쯤에 다시 행복해질 수 있도록 떠나는 것 같아."

우리는 행복을 바라고 마냥 기다리고 있으면 안 된다. 가만히 있는다고 행복이라는 것이 알아서 곁으로 다가오는 것은 아니니까. 행복은 그냥 얻어지지 않는다. 행복해지려고 노력하는 사람에게 행복이 찾아온다. 향기를 따라 먼 거리에서도 꽃을 찾아오는 나비처럼, 행복의 향기가 강하게 풍기는 웃음, 사람, 좋아하는 일이 있는 곳을 찾아가자.

그러나 무엇보다 중요한 것은 내가 이미 가지고 있는 우리 일상 주변에 이미 숨겨져 있는 행복을 놓치지 않는 것이 아닐까?

우리 인생에는 힘든 순간마다 힘이 되어주는 말들이 있다.

누구에게나 그런 기억이 한 가지쯤 있을 것이다.
힘든 순간 받은 선물 같은 말들이 마음속에 오래 남아
다시 내일을 살아갈 힘이 되어주었던.

때로 그 말은 침묵이기도,
토닥임이기도,
모든 것을 다 이해한다는 듯한
따뜻한 눈빛이기도 했다.

그런 순간 상대방이 하는 말에서는
그 사람과 내가 그동안 쌓아온 관계와
그 사람의 마음의 깊이와 여유가 우러나온다.

누군가의 마음의 공간이 되어주자

●

밭에서 작물이 잘 자라기 위해
흙 속에 적당한 숨구멍이 필요하듯
그런 공감의 언어들은
우리의 마음에 숨 쉴 공간을 만들어준다.

그런 숨 쉴 공간들이
우리의 인생에는 필요하지 않을까?

나를 가장 잘 아는 사람은?

(   )

SPECIAL PAGES

괜찮다,
결국엔 모든 게 동그래질 테니까

오래된 돌일수록 몸의 모난 부분이
깎여나가 둥그스름해지지만,
비바람을 맞으며 데굴데굴 산길을
굴러다니며 온몸에 생채기가 나는 동안
마음은 더욱 울퉁불퉁 뾰족하고 거칠어진다.
그래서 자신이 동그래진 줄도 모른 채
여전히 세상을 뾰족하게 바라보며 살아가는 것이다.

당장의 괴로움이 무엇이든,
사람이든, 일이든, 꿈이든,
너무 연연하지 않았으면 좋겠다.

지금은 뾰족해진 마음과 기억들도
언젠가는 모난 자리가 깎여나가
동그래지고 다 괜찮아지기 마련이라고.
지나간 일에 연연하기보다는
어느 순간 동그래진 나를 발견하기를.

네버 엔딩, 좌절 금지

이제 막 걸음마를 하는 단계이면서
뛰고 싶다는 마음에 너무 조급해지는 경우가 있다.
그런 조급한 마음이 위험한 이유는
'완벽하게 해내고 싶어!'
'모두에게 나를 증명해야 해'
라며 의욕적으로 밀어붙이다가도
한 번 삐끗하면 굉장히 풀이 죽어서는
'나는 왜 이 모양이지'
'다른 사람은 쉽게 해내는 것 같던데'
라고 스스로를 탓하며
부족한 사람으로 만들어 버리기 때문이다.

하지만 그런 때일수록
훌훌 털어버리고 다시 한 번 해보는 건 어떨까?
뭐든 쉽게 해내는 것 같은 사람들도
알고 보면 성공하는 마지막 한 번을 위해
끝없는 시도를 한 사람들이다.

끝나기 전까지 아직 끝난 게 아니니까.
네버 엔딩, 좌절 금지!

열심병에 걸렸다

다정도 병이라는 말에 비유하여
열심도 병이라는 말이 있다.
뭐든 과하면 병이 된다는 뜻이다.

열심병에 걸린 사람들은
잠시도 가만히 있는 자신을 참지 못한다.
꿈이나 목표를 자기 자신과 동일시하며,
아무것도 하지 않는 동안의 자기 자신이
아무것도 아닌 것처럼 느껴져 참지 못하는 것이다.

이런 사람들의 특징은
정신없이 일할 땐 전혀 걱정 고민이 없다가,
오히려 휴식할 때 이런저런 걱정을 한다는 것이다.
그러니 쉬는 날이라고 해서 맘 편히 쉴 리 만무하다.
혹시 휴식을 게으름이라고 생각하거나,
비어 있는 시간만큼 뒤처진다고 생각하는지도 모르겠다.
하지만 누구에게나 휴식이 필요하다.
그리고 잠깐 쉰다고 해서 큰일 나는 것도 아니다.

하다못해 자연 속에서도
자연의 휴식을 볼 수 있는데 말이다.
걷기 힘든 오르막길을 걷고 나면
편히 걸을 수 있는 내리막길이 나오고
폭풍우가 친 뒤에는 반드시
언제 그랬냐는 듯 맑은 하늘이 드러나듯,
우리에게도 자연처럼 열심히 일하고 난 뒤
편안히 쉴 수 있는 시간이 필요하다.

봄날의 오후 같은 그런 따뜻한 햇살이 내리쬐는 강가에 누워
편안함과 따뜻함을 느끼는 순간이 필요한 것이다.

너무 한 가지에 몰입했을 때에는 주변이 보이지 않는다.
그럴 때는 잠시 스톱 버튼을 누르고,
나를 편안하고 아늑한 기분을 느끼게 해주는
소박한 순간들을 떠올려 보자.

**우리 인생에는 꿈이나 목표 말고도
중요한 것들이 많으니까.**

작은 존재에게

당신은 결코 작거나 부족한 존재가 아닙니다.
또한, 당신이 가진 생각이나 꿈 또한
결코 사소하게 여겨져서는 안 됩니다.

하찮다거나 비현실적이라고,
누구도 당신이나 당신이 가진 꿈을 비웃을 수 없습니다.
심지어 그게 당신 자신일지라도.

앞으로 어떤 선택을 하는지에 따라,
나의 존재는 크기를 키울 수도
더 줄어들 수도 있습니다.
중요한 것은 그것이 빠르든 느리든,
사람마다 빛나는 타이밍은
반드시 찾아온다는 것입니다.
다만, 그때까지 당신이 가진 작은 것들을 놓치지 않기를.
아무것도 모르는 이들의 몇 마디 말로
지레짐작하고, 겁먹고,
소중한 것을 포기하지 않기를.

오늘로 충분한 이유

어지간해서는 안될 것 같은 느낌에
안감힘은 썼지만 결국 잘되지 않았던 적이 있다.
뱃속이 뻥 뚫려 바람이 불면 내 몸이 어디론가로
흩어질 것 같은 허탈하고 슬픈 기분을 느꼈다.

당연하게도 인생에는 실패 없이 한번에 성공을
얻는 행운은 거의 찾아오지 않는다.
그러나 여러 번 실패하기 위해
매번 나의 마음과 에너지와 열정을
쏟는다는 것은 말처럼 쉬운 일이 아니다.

때로는 숨이 차오르고, 눈물이 핑 돌고,
세상에 혼자 뚝 떨어진 것 같다.

그럼에도 불구하고
사는 동안 계속 애쓰는 이유는
꿈이나 인생이라는 단어가 가지고 있는
달콤한 향기 때문이 아닐까?

인생은 결과보다는 과정이라는 말이 있다.
그처럼 꿈을 가지고 살아가는 사람들은 꿈을 이루지 않아도
그 삶의 과정에서 달콤한 향기기 흘러나와
많은 사람들을 행복하게 해준다는 뜻일 것이다.

없는 것을 상상해내는 능력

생각이라는 것은 재밌다.
현실 속에 있는 모든 것들이 사실은
생각에서 시작되었다는 것을 생각하면 새삼 놀랍다.

평상시 이런저런 상상하는 것을 좋아한다.
그 속에는 쉽게 마음먹기는 힘들지만,
내가 진짜 원하는 미래에 대한 상상도 있다.
힘들지만 끝까지 포기하지 않고
원하는 것을 이뤄 행복해지는
그런 모습을 상상할 때면
다시 한 번 힘을 낼 결심이 든다.

시작이 반이다란 말이 있는데,
사실은 결심이 반이다.
그 결심(決心)의 중심에는 마음(心)이 있고
그러니까 모든 것은 마음먹기에 달렸다는
그런 이야기다.

말장난처럼 들릴 수도 있겠지만
상상의 힘은 대단하다.
할 수 있다고 상상해보자.
그런 생각을 반복하다 보면 정말로
내가 상상한 모습이 내 모습이 되어 있을 테니까.

상상의 힘은 대단하다.
할 수 있다고 상상해보자.

지나간 뒤에 슬퍼지는 것들

사람이 진심으로
공허해지고 슬퍼지는 순간은 언제일까?

이미 지나간 뒤에,
이미 지나간 사람이나, 시간, 기회들을 떠올리며
그때 그랬으면 어땠을까 생각할 때이다.

만약 다시 돌아간다면

다른 방식으로 더 노력했을까?

무엇을 선택할 것인지는 쉽지 않다.

마음먹기 기술

'마음먹기'는 겉으로는 드러나지 않지만,
한번 시작하면 꾸준한 추진력으로
모든 문제를 해결해나가는 엄청난 능력이다.

인생의
틈을
만드는
한방의
기술

나를 지키는 힘

중요한 것은 나 자신을 지킬 수 있는 힘이다.
바깥이 아닌 안을 비추는 따뜻한 불빛이 있다면
우리는 언제까지고 자신을 지켜낼 수 있다.
그런 힘이 있으면 어려운 상황에 직면했을 때도
남에게 의지하지 않고 혼자 해결할 용기를 낼 수 있다.

어떤 선택을 고민할 때는
세상의 기준이나 친구들의 조언 혹은
타인의 평가가 머릿속을 떠돈다.
하지만 어느 순간 그런 것들은 모두 사라지고
온전히 혼자가 되는 순간이 온다.

가끔은 나의 불빛을 바깥이 아닌
내면을 향해 비춰야 하는 이유다.

유별남 아닌 특별함

어린 시절 신나게 길바닥에 넘어지며 매번 무르팍이 까이면서도 스케이트보드 타는 것을 좋아하고, 동네 친구들을 모두 불러 모아 골목길 구석에 앉아 놀기 좋아하는 나에게 종종 어른들이 말했다.

"너는 왜 얌전하게 다른 애들처럼 놀지 못하니. 유별나게…."

유별나다는 소리를 들었을 때 나도 모르게 움츠러들고 눈치를 보게 돼 더 이상 그런 일을 하지 않게 되었다. 그 시절엔 그랬다. 어른들의 유별나다는 말에 나는 그런 내가, 모난 정이나 덧니처럼 튀어나와 교정해야만 하는 사람인 줄로만 알았다.

그런데 나이를 먹고 보니 "아, 그때 그 말이 맞았구나" 하고 생각하게 되는 것이 아니라, 왜 그때는 그런 유별남을 특별함으로 받아들이지 못했는지, 또 그런 나의 모습들을 모난 정처럼 생각하고 깎아내려고만 했는지⋯. 왜 그때의 나는 좀 더 강하게 나를 주장하지 못했을까 하는 아쉬움을 느낀다.

지금에 와서 보면 그 시절에 엉뚱하고 유별나 보였던 친구들이 지금은 인생을 더 재미있게 사는 것 같다. 누군가는 예상하기 힘들어서 힘들다고 말하는 인생이, 누군가에게는 참 예상할 수 없어서 재미있는 인생이 되는 것처럼 말이다.

누구에게나 유별난 구석이 하나씩 있다. 겉으로 드러내지 않을 뿐. 그런 유별난 시선으로 바라볼 때 인생의 힘든 일도 조금은 쉽고 유쾌하게 받아들이게 되는 것 같다.

대화의 기술

친구 중에 나의 마음을 꿰뚫어보는 신기한 능력을 가진 친구가 있다. '오늘은 무조건 힘내라는 말을 듣고 싶어'라고 생각하고 찾아가면, 신기하게도 듣고 싶었던 그 말을 해준다. 그래서인지 마음이 복잡하고 어수선한 날이면 이상하게 그 친구의 얼굴을 떠올리게 된다. 잠시 대화를 나누어도 마음이 개운하고, 흐릿했던 시야가 조금 트이는 기분이다.

우리는 가끔 상대방에게 필요한 조언을 해줘야 한다는 강박관념 때문에, 정작 상대방의 마음이 아닌 상황만을 바라볼 때가 있는 것 같다. 꼭 필요한 말이 아니라 상대방의 마음을 헤아리는 말 한마디를 건넬 줄 아는 것. 그것이 진짜 '대화의 기술'이 아닐까?

나는 가끔 생각한다. '오늘 입은 옷 정말 잘 어울린다' '넌 머릿결이 정말 좋은 것 같아' '넌 참 이런 데 재주가 있는 것 같아'. 이런 사소한 칭찬들도 스쳐 지나가는 말이라고 생각할 수도 있지만 그 사람을 향한 나의 마음이 드러나는 태도의 말이 아닐까?

마음을 꿰뚫는, 사소하지만 어쩌면 사소하지 않은 힘을 가졌을 그 한마디 때문에 그 사람은 한 번 더 거울을 보며 기분 좋게 웃고, 포기하려고 했던 일에 다시 한 번 도전할 힘을 낼지도 모르는 일이니 말이다.

일상을 특별하게 만드는
나만의 인생 기술은?

(   )

SPECIAL PAGES

나에게 솔직하다는 건 대체 뭘까?

나를 사랑하기 위해서는
먼저 나 자신의 감정을
있는 그대로 받아들여 보자.

우울함이든, 외로움이든,
혹은 인내력 부족이나 예민한 성격 등
부족하고 연약하다고 생각되는
나의 모습을 그대로 받아들일 수 있다면,
그것을 받아들이고 대처해가려는 모습에서
강한 나 자신의 모습을 발견할 수도 있을 것이다.

정말로 단단한 사람은
아무런 약점이 없는 사람이 아니라
어쩔 수 없는 것은 받아들이고
포용할 줄 아는 사람이다.

혼자가 아니라는 사실을 기억할 것

우리는 본래 한 갈래의 줄기에서부터
갈라져 나온 가지나 마찬가지다.
앞을 보면 당장에는 눈앞의 나밖에 보이지 않겠지만,
옆을 돌아보면 같은 줄기에서부터 뻗어 나온
수많은 가지들이 보일 것이다.
마찬가지로 당장 앞만 보며 달릴 때에는
주변에 아무것도 보이지 않겠지만,
잠시 숨을 고르고 주변을 둘러보면
우리의 뒤 혹은 근처 어딘가에서 말없이 응원하고
힘이 되어주는 사람들이 분명 있을 것이다.

항상 혼자가 아니라는 사실을 기억하면
달릴 때에도 뒤가 든든하다.

하나 더! 카드

어린 시절 친구들과 껌이나 음료수 병뚜껑 속에 있던 '하나 더~'를 찾기 위해 애썼던 기억이 있다. 자주 오는 행운은 아니었기에, 친구의 병뚜껑 속에서 '하나 더~'가 나오면 우리는 모두 한마음으로 부러워하고는 했다.

그게 뭐라고. 지금 생각해보면 그런 작은 행운에 연연했던 그 시절 우리의 모습이 귀엽게만 느껴진다.

하지만 요즘도 그런 '하나 더!'의 행운이 필요하다. 식욕이 떨어질 정도로 우울하거나 기운이 없는 날, 상황을 바라보는 객관적인 시선이나 누군가의 이성적인 조언도 좋지만, 그런 날에 필요한 것은 딱 '하나 더' 만큼의 행운이 아닐까.

사람이 많은 출근 지하철에서 마침 앞자리가 비었을 때, 그날따라 맛있게 볶아진 커피 향이 향기롭게 느껴질 때, 산책을 가려는 순간 눈에 비친 유난히 맑게 갠 하늘 같은 작은 행복들 말이다.

요즘에도 딱 '하나 더!'만큼의 〜〜〜〜〜〜〜〜〜〜〜

행운이 필요한 날이 있다.

나는 어떤 사람일까 고민될 때

어린 시절 영화 속에서 사람의 모습으로 변신하는 외계인들을 보고 큰 충격을 받고 악몽까지 꾼 적이 있다. 그 원형을 좀 더 거슬러 올라가면 사람의 손톱을 먹고 그 사람으로 둔갑한 〈사람 둔갑 손톱 쥐〉라는 우화가 떠오른다. 전래동화 시리즈에서 유독 지금까지 그 얘기만을 이토록 선명하게 기억하고 있는 것은 손톱을 깎을 때마다 엄마가 '손톱을 아무데나 버리면 쥐가 먹고 사람 된다'는 협박 아닌 협박을 했던 탓일 것이다.

하지만 그렇게 상대에 따라 모습을 바꾼다는 것은 어떤 의미일까? 사회생활을 시작하기 전까지는 한 번도 그 반대의 입장에 대해서는 생각해본 적이 없었다. 어른이 된 후에 '나는 대체 어떤 사람일까?'에 혼란을 느끼지 않는 사람이 몇이나 될까. 친구들 앞에서는 세상 유쾌하고 자신만만한 사람이다가도, 출근하면 말수가 적고 진중한 사람이 된다. 또, 사람들과 있을 때는 아무렇지 않은 척해도 사실은 집에 돌아와서 혼자 마음을 졸이고 있을지도 모를 일이다.

또렷하고 선명한, '나'가 중심이었던 세상은 점차 작아지고 흐릿해져 어느 날 내가 아무것도 아닌 존재로만 느껴질 때, 나는 스스로에게 묻고 싶어진다.

도대체 어떤 게 진짜 내 모습이지?

하지만 자신만만한 모습도, 소심한 모습도, 유쾌하고 재미있는 모습도, 진중한 모습도, 가슴 졸이는 모습도, 모든 것이 나이다. 나는 원래 이런 성격의 사람이니깐, 모두에게 같은 모습을 보여야 한다는 생각도 강박이지 않을까?

도대체 어떤 게 진짜 내 모습이지?

놀 땐 놀아야지

생각보다 열심히 일하는 능력보다
놀 때 놀 줄 아는 능력,
쉴 때 쉴 줄 아는 능력을 가진 사람이 드물다.

어차피 지금 당장 할 것도 아니면서
쉬면서도 머릿속에 해야 할 일들 목록을 늘어놓고
이러고 있어도 되는 것인지 자꾸만 걱정한다.

내일 해야 할 일 때문에
정작 오늘 해야 할 일을 못한다니…
얼마나 바보 같은 일인지!

쉬는 시간에는 내일을 걱정하는 데 보내기보다는
그저 그 순간을 온전히 즐기자.
안 그러면 '그때 확실히 ~할걸'이라며
지나간 어제를 또 후회하면서 오늘을 보낼 테니까.

이심전심

어린 시절에는 친한 친구와
아침부터 밤까지 자석처럼 붙어 다니며
떨어지지 않으려고 했다.
모든 취미와 기억, 사소한 사건 하나하나 공유하며
그런 것이야말로 친구라고 생각했다.
친구의 몰랐던 부분이나 비밀을 알게 되면,
말은 못해도 내심 서운하기도 했다.

하지만 지금은 서로의 모르는 면이 늘어갈수록,

안다고 생각했던 친구와의 관계에서 빈칸이 늘어갈수록,

친구에게도 말 못할 사정이 있었겠구나,라는 생각에

힘들었겠다는 생각을 먼저 떠올리게 된다.

이심전심,

진짜 친구는 어른이 되어 몸이 멀어진 만큼
마음으로 서로를 더욱 깊이 이해하게 된다.

'인생에는 정답이 없다'란 말이 있다.
누구도 인생을 먼저 다 살아본 사람은 없기에
정답을 모르는 것이 정답인 문제는 바로 '인생'인 것이다.

다만, 인생의 방향은 정해야 하지 않을까?
내가 중요하게 생각하는 것은 무엇인지,
또 나는 어떤 사람인지,
그리고 일관성 있는 선택을 할 것.

잘못된 선택을 하더라도 다시 제자리를 찾는 것은
이러한 방향감각이 있을 때 가능하다.

정답을 모르는 것이 정답인 문제

●

모르는 것이 약이 된다

모르는 것이 약이라는 말이 있다.
반대로 아는 게 많으면 병이 된다는 의미일까?

뭐든 너무 많은 것을 미리 걱정하고,
모든 상황들을 고려해 준비하는 사람들이 있다.
그 준비성은 칭찬해줄 만하지만
때때로 고민의 시간만큼 불안감도 커져
시작도 전에 뒷걸음질 치게 되는 경우도 있다.

어떤 선택을 할 때 누군가의 조언이나
상황에 대한 분석 혹은 철저한 준비도 중요하지만,
너무 많은 것을 알고 준비하려 하기에
점점 더 시작하기 힘들어지는 것은 아닐까?

너무 많이 고민하기보다는,

자신의 마음이 향하는 곳이라면 일단

시작해보는 것은 어떨까?

●

다 이유가 있어요

20대 초반에 갓 새내기 대학생이 된 친구가 자취를 할 거라고 한 적이 있다. 합격한 대학교와 집이 그리 멀지도 않은데 왜? 친구는 자취가 어릴 때부터 로망이었다고 했다. 그렇게 반년이 흘러 다시 재회한 친구는 한숨 섞인 목소리로 괜히 자취를 했다고 말했다.

처음 한두 달은 좋았지만 생활비가 너무 빠듯했고, 혼자 사는 것이 너무 쓸쓸하고 외로웠다고. 친구는 "역시 나처럼 외로움 많이 타는 사람은 혼자 살면 안 돼"라고 말했다. 역시? 역시라니. 알고 있으면서도 그런 선택을 했다는 말인가.

이미 마음으로는 알고 있으면서도 해봐야 확실하게 깨닫는 것들이 있다. 그리고 직접 해본 뒤에야 '다 이유가 있었어'라며 포기하게 된다는 것이다.

어쨌든 뭔가 어떻게 할지 자꾸 고민되는 것이 있다면 일단 원하는 대로 해보는 것은 어떨까? 정말 잘한 선택이라고 생각하든가 아니라면 '다 이유가 있었어'라며 다시는 쳐다보지도 않던가 둘 중 하나일 테니 말이다.

감정의 부피와 질량

마음에 한번에 담을 수 있는

감정의 크기는 한계가 있다.

그래서 그 공간을 욕심이란 감정으로

가득 채우고 나면

다른 종류의 감정이 들어갈 자리가 없다.

욕심이 자석처럼 초조함, 예민함, 불안과 같은 감정들을

불러와서 마음을 가득 채우고,

삶에 만족스러움을 느끼게 해주는 여유나

행복과 평안함 등의 감정을 밀어내 버리기 때문이다.

삶이 버겁거나 불행하다고 느껴질 때는
그 욕심을 조금 덜어내는 것이다.
그리고 그 빈자리에 따뜻함과 여유로움이라는
조금 다른 종류의 감정을 채워 넣어보면 어떨까?

나도 참 나지

난 사실 참 걱정이 많고 예민한 성격이다. 어릴 때부터 무언
가를 시작할 때는 '잘 해낼 수 있을까?'로 몇 날 며칠을 걱정
했다. 사람들과 대화를 하고 난 뒤에는 돌아서자마자 말실
수를 하지 않았는지 돌아볼 정도였다. 하지만 이런 걱정 많
고 예민한 내 모습을 주변에 들키고 싶지는 않았다. 그래서
친구들은 너는 속 얘기를 잘 안 하는 것 같다고 타박하기도
했지만, 그때마다 어색하게 웃었다.

그렇게 아무 말도 하지 않고 혼자 고민하는 사이, 나는 세상
의 모든 고민을 끌어안고 사는 사람이 되어 있었다.

그러다 이사를 준비하던 어느 날 오래전에 쓴 일기장 하나를 발견했다. 내용이 궁금해서 펼쳐봤더니 일기엔 역시나 예민하고 걱정 많은 내가 셀 수 없이 많은 고민거리들을 적은 내용들이 가득했다. 일기에 적힌 것들은 당시에는 일생일대의 엄청난 고민들이었는데, 시간이 흐르고 다시 천천히 살펴보니 '아, 그때 그런 일이 있었지' '아 그런 일로 고민하던 때가 있었지' 하고 대수롭지 않게 웃어넘기게 되었다.

그렇게 시간이 지나고 나면 바로 눈앞에 있을 때는 거대한 벽처럼 크게만 보였던 문제가 누구나 쉽게 열 수 있는 작은 문에 불과했다는 사실을 깨닫게 되는 것이었다.

그래서 어떤 걱정 하나가 하루 종일 마음을 뒤숭숭하게 하고 머릿속을 가득 채울 때는 미래의 나에게 이입하여 지금의 나에게 말해준다.

'나도 참 나지.
얼마나 걱정할 게 없으면 이런 거까지 걱정하고 그래?'

참 걱정할 것도 없다!!!

적당한 온도와 습도

우리는 모두 서툴러서
최대한 비옥한 땅을 찾아 뿌리내리려고 한다.
사람들이 모두 좋은 곳이라고 인정하는
좋은 대학이든, 대기업이든, 지역이든,
나의 인생을 비옥하게 해줄 완벽한 곳을 찾아 정착하려 한다.

하지만 중요한 것은
나에게 맞는 온도와 습도, 땅의 습성
그리고 나의 적응력 아닐까?

괜찮아,
결국엔
모두
동그래질
테니까

지금은 아니지만 언젠가

여행은 가고 싶지만, 당장 무리해서 가고 싶지는 않고, 언젠가 길게 여행을 가고 싶다. 친구에게 이런 말을 한 적이 있다.

"내가 지금 무슨 말을 하고 있는 거지?"

스스로도 이게 무슨 마음인지 알기 힘들어서 다른 사람에게 물은 것이었다. 때로는 다른 사람이 나를 더 잘 알 수 있다는 말은 진실이었을까? 그 말을 가만히 듣던 친구가 걱정스러운 얼굴로 "너 많이 지쳤구나" 하고 대답했다.

여행을 떠나고 싶다는 말은, 사실 여행 그 자체가 아니라 휴식이 필요하다는 말의 다른 표현이 아니었을까? 그런 말을 하는 날은 대체로 몸이든 마음이든 지쳐서 잠시 현실을 잊고 싶을 때이다. 게다가 늘 여행을 떠나기에 상황이 여의치 않은 경우가 많으니 '당장은 아니지만 언젠가'라는 말은 사실 '그때까지 쉼의 마일리지를 쌓아 그만큼 긴 여행을 가겠다'라는 의미가 내포된 말이다.

그리고 '지금'은 아니지만 '언젠가'를 기약하며 대화를 나누는 것만으로도 이미 현실의 문제가 해결된 것처럼 기분이 조금 나아지기도 한다. 현실을 떠나고 싶어도, 떠나는 것이 여의치 않은 날에는 '언젠가'라는 말이 주는 자그마한 위안이라는 선물을 받아보는 것은 어떨까?

운 질량 보존의 법칙

자신은 운이 없다고 생각하는 사람이 있다.
하지만 '운 질량 보존의 법칙'에 의하면
우리는 대체로 비슷한 양의 운과
기회를 맞이하며 살아간다.

문제는 나의 타이밍과
운의 타이밍이 맞는가이다.

어쩌면 그런 식으로 발견되지 못한 채 기간 임박으로
폐기되어버린 운도 있을 거라는 생각이 든다.

하지만 그렇다고 해서 우리가 할 수 있는 것은
사실상 그리 많지 않지 않을까?
필사적으로 쥐고 있는 운을 놓치지 않기 위해
전력을 다하는 방법밖에 없지 않을까?

나를 돌보는 사람은 결국 나

사실 어떤 일을 시작할 때 가장 중요한 것은 체력인지도 모른다. 어린 시절부터 운동장을 달리고, 아침마다 국민 체조를 하고, 우유를 먹으라는 선생님의 잔소리를 들은 것은 지구력과 체력을 기르라는 의미 아니었을까?

그때마다 나는 흰 우유가 싫다고 몰래 가방에 숨겨뒀다가, 가방 안에서 우유갑이 터지는 바람에 공책과 교과서가 모두 젖은 적도 많았지만 말이다.

하루 종일 뛰어놀아도 기운이 넘쳤던 어린 시절을 지나 지금은 아무것도 하지 않아도 피곤한 몸으로 하루를 시작하는 요즘이지만, 이젠 나에게 그런 잔소리를 하는 사람조차 없다.

그러다 보니 요즘에는 나라도
나를 유심히 잘 돌보며 좋은 음식을 먹고,
충분히 휴식하고, 과도한 스트레스를 받지 않도록
잘 돌봐야 할 것 같다는, 그런 생각을 가끔 한다.

좋고 싫음의 분명함

나는 '다수결의 원칙'이라는 말을 그다지 좋아하지 않는다.
왜인지 생각해보면 초등학교 때 학급에서 결정할 중요한 일
이 있을 때마다 선생님은 그 자리에서 손을 들라고 해서 많
은 쪽으로 바로 결정하곤 했는데, 나는 그게 이상하게 느껴
졌다. 많은 사람이 택한 건 옳은 것일까?

그렇게 자라난 우리는 어느 순간 마음속에 자연스럽게 '많
은 사람이 선택한 것이 옳다'는 공식을 세워버린 것 같다.
오죽하면 중국집에 가서 모두 '짜장'을 시킬 때 '짬뽕'을 시
키면 미움받는다는 우스갯소리가 있을 정도일까.

사람들은 대게 어떤 집단에 소속되지 못하면 불안감을 느낀다고 한다. 그것이 회사이든, 친구들이든, 사회이든. 그러니까 우리는 다른 사람들이 선택한 것을 선택하지 않았을 때나 미움받거나 남들과 다른 선택을 했을 때, 혼자 동떨어질지 모른다는 불안감을 가지고 있는 것 같다.

하지만 어떻게 많은 사람들이 매번 같은 선택을 할 수 있을까? 그 속에서 무색무취의 인상만 남기기보다는 내가 좋아하는 것, 나의 선택, 나의 취향을 좀 더 드러내보면 어떨까?

내 기분에 솔직해진다는 것은 대체 뭘까?

(   )

SPECIAL PAGES

소싯적에 한 성격하지 않았던 사람들이 어디에 있을까. 어른이 되면서 어쩔 수 없는 것은 참고 포기하는 법을 배우기는 했지만, 그 시절에는 아무리 얌전한 아이라도 한번 떼를 쓰기 시작하면 어른인 엄마조차 어쩌지 못할 정도였다.

나도 한때는 한 성격하던 애였는데

'대체 왜 그러니?'

그렇게 엄마가 물으면 나는 울다가도 눈물을 닦고 내가 화
가 났던 이유를 또박또박 설명하고는 했다. 어른에게 어른
만의 생각이 있듯이, 아이의 세계에는 아이만의 논리가 있
다고. 그러니 강요하지 말라고 말이다. 그런데 어른이 되어
서부터는 정작 화를 내야 하는 상황에서도, 직급이 낮아서,
화를 낼 정도는 아닌 거 같아서, 내 생각을 확신할 수 없어
서, 상대방의 입장도 이해가 가지 않는 것은 아니라며 이런
저런 이유를 덧붙이며 내가 그어놓은 최소한의 선이 있는
곳까지 자꾸만 물러서게 된다.

그런데 가끔 그 선을 넘는 사람이 있다. 나를 위한다는 명목으로 나의 사생활에 지나치게 간섭하며 힘들게 하던 친구가 있었다. 지금 그 말은 선을 넘은 것 같은데. 참다못해 꺼낸 말에 그의 반응은 의외로 싱거웠다. 자신은 전혀 몰랐다며 순순히 잘못을 시인했다. 때로는 나의 영역을 과도하게 침범하는 사람들에게 KO 펀치를 날리는 법도 알아야 하지 않을까?

한때 패러디가 될 정도로 유행했던 한 제과회사의 CM송 중에 '말하지 않아도 알아요~'로 시작하는 노래가 있다. 말하지 않아도 서로의 눈빛만으로, 세상의 상식으로 조금만 상대의 입장에 비추어보면 그 사람의 감정이나 생각을 짐작해볼 수 있을 거라는 얘긴데, 바쁜 일상 속에서 말하지 않는 이의 속마음을 한 번 더 짐작해보는 여유를 갖는 것은 사실 쉬운 일이 아니다.

말하지 않으면 모른다. 길다면 길고 짧다면 짧은 인생을 살아가면서 내가 입을 열어 말하지 않고 얻을 수 있는 것은 없었다.

잘해봤자 마음의 병만 얻을 뿐!

마음이 간질간질

우리는 마음에 누구나 작은 씨앗을 가지고 있다.
그 씨앗에서 무엇이 자랄지는 나에게 달려 있다.
피어나는 꽃의 종류, 형태, 향기는 각자 다르겠지만.

하지만 작은 씨앗 하나를 보고 꾸준한 관심으로
정성껏 보살펴 새싹에서 꽃을 피워내듯이,
작은 마음일지라도 지나치지 말고 들여다보기를.

그런 작은 감정과
사소한 마음을
무심하게 그냥 스쳐 지나가지 말기를.

무엇보다 나의 마음을 들여다봐야 할 사람은

자기 자신일 테니까.

내가 싫어지는 날의 처방전

누구나 감추고 싶은 모습이 있다.

다만 사람들이 있을 때는 드러내지 않는다.

그런데 혼자 있는 시간이 되면,

거울을 들여다보며 나의 부족한 모습을 끌어낸다.

'나는 사람들이 아는 것처럼 괜찮은 사람이 아니야.'

'진짜 내 모습을 보고 실망하면 어쩌지.'

하지만 그게 진짜 나일까?
어쩌면 기대에 충족하지 못할지도 모른다는 불안감에
부족한 나를 만들어내고 있는 것인지도 모른다.

그럴 때마다 많은 사람들에게 좋은 사람인 나를
그들이 나에게 해주었던 이야기들을 떠올려 보자.
때로 나를 왜곡 없이 가장 정확하게 보는 것은
타인일 때도 있으니까.

●

아무것도 하고 싶지 않아

'종일 잠만 잘 수 있다면 얼마나 좋을까?'

굳이 무언가를 하지 않아도 되고,
의미를 가진 어떤 생각이나 행동을 하지 않아도 되는,
그런 아무것도 아닌 것 같은 하루가
가끔은 필요하다.

그런 날에는,
억지로 꾸밀 필요도 없고,
있는 그대로의 모습을 보여줄 수 있는 친구를 만나
서로 아무런 의미 없는 행동들로
하루를 가득 채운 뒤에
"오늘 너무 재밌었어"라고 말하며 헤어질 텐데.

어쩌면 그런 날들 속에
진짜가 숨어 있는 것은 아닐까?

우리의 꿈과 삶을 지탱하기 위해서는
나 자신이 먼저 단단해질 필요가 있다.
줄기가 약하면 꽃봉오리가 꺾여버리듯이
정한 목표를 향해 흔들림 없이 달려가기 위해서는
그 목표를 받쳐 줄 단단한 마음이 먼저기 때문이다.

어른이 되기 위해 필요한 것

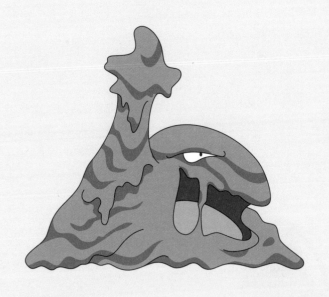

슬럼프에 빠졌을 때

인생에 슬럼프가 찾아왔을 때는
잠시 아무것도 하지 않는 것도 방법이다.

늪에 빠졌을 때 허우적거리면
더 깊이 빠지듯이 방법이 없는 상황에서
뭐든 해보려는 그 행동이
오히려 심리적으로 더 깊은 슬럼프에
빠지게 만들 수도 있기 때문이다.

조용히 읽고 싶었던 책을 읽거나
가고 싶었던 여행을 떠나 보기도 하고
오랜만에 친구들을 만나 즐거운 시간을 가져보자.

내려놓았던 것들을
잠깐의 휴식을 가진 뒤 다시 바라본다면,
전엔 보이지 않았던 것들이
보이는 때도 있으니까 말이다.

우리는 각자의 방식으로
주어진 삶에 적응해가고 있었다.

어떻게든 되겠지

생각보다 우리는 강한 존재인지도 모른다. 처음 사회생활을 시작할 때 엄마는 늘 오빠에 비해 천덕꾸러기에 예민한 성격을 타고난 내가 혹독한 사회생활에 적응하지 못할까 내심 걱정했다고 한다. 그리고 내가 처음 자취를 시작할 때에도 내가 설거지나 제대로 할 수 있을지 불안했다고 한다. 그런데 지금 이렇게 혼자서 척척해내는 것을 보면 대견하고 신기하다고.

지금 돌이켜보면 걱정할 필요 없었다는 생각이 들지만, 그때는 그랬다.

뭔가를 시작할 때마다 늘 '내가 잘 할 수 있을까?'라는 물음표가 따라다녔던 것 같다. 하지만 언제나 막상 시작하고 나면 잘 되든, 그럭저럭이든, 조금 고생을 해서 돌아가든, 시간이 흐른 뒤엔 어떻게든 잘 해낸 내가 남아 있었다. 주변을 봐도 그렇다. 일이든, 결혼이든, 여타 사회생활이든, 각자의 방식으로 자신의 삶에 적응해가고 있다.

어쩌면 그건 누구에게나 나약한 부분은 있지만, 사실은 그렇게 걱정할 만큼 누구도 나약하지 않다는 증거가 아닐까? 이미 잘 해나가고 있는 자신에게 자꾸 '잘 할 수 있을까?' 하고 묻지 말자. 대신 '어떻게든 되겠지'라는 마음가짐으로 살아가면 좀 더 일상이 가벼워지지 않을까.

아침에 늦게 일어난다고 해서
게으르다고 할 수 있을까?

저녁형 인간

사람마다 새벽형 인간인 사람도, 저녁형 인간인 사람도 있을 텐데. 또 책상 앞에 엉덩이를 붙이고 앉아야만 공부가 되는 사람이 있는 한편, 카페에서 음악을 흥얼거리며 공부를 해야 공부가 잘되는 사람도 있을 텐데, 왜 꼭 아침형 인간이 되어야 한다고, 책상 앞에 엉덩이를 붙이고 앉아있어야만 한다고 말하는지 모르겠다.

가끔 세상의 시간이 너무 아침형인 사람들에게 맞춰져 있는 것은 아닌가 생각한다. 아침에 일찍 일어나 무언가에 집중하는 것이 더 힘든 사람들도 있을 텐데 말이다.

그러니까 나를 포함해서 말이다!!!

'세상에는 생각보다
저녁형 인간이 더 많은지도 모르는데,
왜 모든 것은 아침형에 맞춰져 있을까?'
라는 생각을 가끔 한다.

직장 생활을 하던 친구가 이런 얘기를 해준 적이 있다. 회의 시간에 자기가 아이디어를 내면 어떤 선배가 매번 '그거 내가 예전에 생각했던 거야'라고 말하는데 그게 얼마나 얄미운지 모른다고. 중요한 것은 생각하는 것이 아니라 행동으로 옮기는 것인데 말로만 떠드는 사람이 세상에 너무나 많다고 말이다. 그러면서 그런 사람들에게 대응하는 가장 좋은 방법은 행동하는 것이라고 했다.

행동보다 강한 말은 없다고.

생각 소유권

생각해보니 맞는 말인 것 같았다. 생각만 할 때는 쉽고 간단해 보였던 일들도, 막상 행동으로 옮겨보면 생각처럼 되지 않는 경우가 많았다. 행동으로 옮겼을 때 부족한 점이 보이고, 어떤 부분을 보완해야 할지 명확해졌다. 그렇게 너무 많은 경우의 수를 머릿속으로만 시뮬레이션 하는 대신, 행동으로 옮기는 동안 점차 내 안에서 어떤 확신과 자신감도 커지는 것을 느꼈다. 또한, 거기에서 얻어지는 경험과 지식, 마음가짐은 어차피 확실한 내 것이니 행동하지 않을 이유가 없었다.

생각만 하고 머뭇거리던 일이 있다면 지금 바로 시작해보자. 생각에는 소유권이 없다.

먼저 행동하는 사람의 것이다.

슬픔을 통과하는 중

과거를 되풀이해서 떠올리며 힘들어하는 사람들이 있다. 어쩌면 그 사람의 등에는 슬픔이라는 커다란 항아리가 지워져 있는지도 모르겠다. 그 안에 얼마만큼의 슬픔을 담을지, 언제 내려놓을지는 온전히 본인의 몫이다.

5년간 키웠던 골든 햄스터가 무지개다리를 건넜을 때 나는 정말 큰 슬픔에 빠졌다. 그 모습을 보다 못한 지인 한 명이 이렇게 말했다.

"언제까지 그러고 있을 건데?"

그때 그 이야기를 한 지인을 어떤 표정으로 쳐다봤는지 잘 기억이 나질 않는다.

우리에게는 모두 행복할 권리가 있다. 하지만 슬픈 사람에게, 이제 되었으니 그만 슬퍼하라고 슬픔 밖으로 나오라고 강제로 끌어낼 권리가 있을까? 슬픔의 기한이 언제까지인지는 슬픔의 당사자인 사람만 정할 수 있다. 슬픔은 다른 감정과 달리 나눌 수 있는 것이 아니라 충분히 슬픔을 느낀 후에만 그 다음 스텝으로 나갈 수 있는 것 같다. 사람마다 시간대가 다를 뿐, 결국에는 슬픔의 통로를 무사히 통과한 사람은 다시 일상적인 감정의 세계로 돌아올 것이다.

아직 그런 슬픔의 통로를 지나는 과정 중인 사람을 발견하게 된다면, 어설픈 격려의 말을 건네는 대신 말없이 한번 토닥여주는 게 어떨까?

슬픈 음악은 틀지 마세요

걷는 동작도 어떤 스텝으로 걷는가에 따라 춤이 되고,
같은 장면도 어떤 음악이 덧입혀지는가에 따라
로맨틱한 장면이 혹은 아슬아슬한 장면이 되듯
행복도 연출하기 나름이라는 사실을 알고 있나요?

매일 반복되는 일상에
슬프고 무거운 음악을 덧입히지 마세요.
사랑스럽고 경쾌한 음악으로
특별하고 기분이 좋았던 하루로 마무리하면 어떨까요?

바쁜 하루였지만 집에 돌아가는 길에
'어떤 맛있는 음식을 먹을까?' 하는 생각에 들뜨고,
집에 가는 길에 마주친 귀여운 강아지에게

인사를 건네며 말이에요.
작은 불쾌한 기억들은
'그래도 이만해서 다행이지' 하고 털어버리고요.

행복한 음악으로 오늘의 일상을
기분 좋고 행복한 기억들로
마무리해보면 어떨까요?

슬픈 음악 대신
유쾌하고 즐거운 음악을
틀어보세요.

내 기분도
유쾌해질 테니.

어제는
되돌릴 수
없지만,
내일은
만들어낼 수
있어

—

네 번째 이야기

어떤 상황이든 당신의 마음이 다치지 않았으면 좋겠어요.
물론, 당신은 뛰어난 잠재력을 가진 사람이고
충분한 재능을 가진 사람이지만 말이에요.

지금 마음이 너무 아프고 힘들다면,
당신이 지고 있는 그 짐을 잠시 내려놓으면 어떨까요?
인생은 길고, 타이밍은 다시 오기 마련이니까요.

마음이 다치진 않았으면 좋겠어

힘내라는 말 대신

슬퍼하는 사람을 지켜보는 것은, 지켜보는 사람의 마음까지 슬픔으로 물들게 한다. 지치고 힘든 일이다. 어쩌면 그 때문에 우리는 섣불리 '힘내!'라는 위로의 말을 건네는지도 모르겠다. 정말로 그 사람이 힘을 냈으면 하는 마음에 혹은 바라보는 내가 너무 힘들어서.

하지만 '힘내!'라고 섣불리 위로하는 대신 물러서서 그냥 바라봐 주면 어떨까? 바라만 보는 것이 너무 힘들다면 말 대신 따뜻하게 한번 안아준다면 어떨까? 무엇보다 큰 위로가 될 테니.

말 때문에 자꾸 움츠러든다면

쉽게 다른 사람에 대한 말을 하는 사람들을 보면
반대로 자기 자신에 대해서는 명확하지 못한 경우가 많다.

쉽게 남을 낮게 평가하는 이야기를 한다는 것은
그만큼 자기에게 자신이 없거나,
그것 말고는 할 이야기가 없다는 소리일 수도 있다.
그런 사람들은 끊임없이 나와 다른 사람을 비교하여
다른 사람을 깎아내리고 한편으로는 안심하는 사람들이다.

한때는 그런 말에 휘둘려 힘들었던 적이 있었다.
하지만 함부로 말한다는 것은 그 사람의 말이
함부로 여겨져도 상관없다는 뜻이다.
사람들의 머릿속에서도 금세 잊혔을 것이다.
즉, 근거가 없는 말이라면 크게 신경 쓸 필요가 없다는 얘기.

**무엇보다도 그렇게 뱉어진 말은 돌고 돌아
그 말을 꺼낸 사람을 겨냥하고 있을 테니 말이다.**

항상 100% 혹은 그 이상의 힘을 낼 수는 없다.

주변에 연애를 시작하면 초반에는 매일 데이트를 하는 친구가 있었다. 처음 사랑에 빠졌을 때는 로맨스 영화 속 주인공처럼 애인을 매일 만나고 데이트를 하며 하루하루에 특별한 의미를 부여한다. 하지만 한두 달이 지나면 슬슬 앓는 소리가 나오기 시작하고, 결정적으로 세 달째가 고비다. 그때쯤이면 잔병을 달고 살며, 오늘 하루 즈음은 그냥 넘겨도 되지 않을까 하는 생각을 하기 시작한다.

단지, 이 문제를 사랑의 크기 문제라고 할 수 있을까?
일도 마찬가지다.

적당함의 적당함

결정적인 순간 결정적인 한방을 날리기 위해서는 어떻게든 힘을 끌어모아 100%, 120%의 힘을 내는 것도 중요하다. 하지만 매번 그런 식이면 얼마 안 가 곧 번아웃(burnout)이 오고 만다. 80%의 힘으로 달리는 날도, 50%의 힘으로 달리는 날도, 조금 지치는 날에는 20%의 힘으로도 달릴 수 있을 것이다. 그런 자신을 무작정 탓하지 말고 결정적인 한방을 위해 잠시 힘을 비축하는 시간이라고 생각해보면 어떨까? 그 일은 앞으로 내가 꾸준히 해나가야 하는 일이고, 중요한 것은 어쨌든 끝까지 해내는 꾸준함이니 말이다.

80%의 힘으로
달리는 날도
50%의 힘으로
달리는 날도
조금 지치는 날에는
20%의 힘으로
달리는 날도
있을 것이다

나를 가장 잘 아는 사람

또 다른 내가 있었으면 좋겠다고 생각한다.

나를 가장 잘 아는 사람은 나니까,
객관적인 조언이 필요할 때
침착하고 이성적이고 지혜로운 또 다른 내가
지금의 나에게 가장 최선인 조언을 해주면 좋을 텐데.

평상시의 나는 너무 조급하고
상황이 코앞에 닥치거나 문제가 생기면
우왕좌왕하는 성격이라 해결책을 스스로 구하기보다는
다른 사람에게 의견을 묻는 편인데,
그러면 나중에 '나한테는 맞지 않는 선택이었구나'
하고 생각하게 될 때가 있다.

그럴 때는 잠시 심호흡을 하고
상황에서 잠시 떨어져서
내 안의 나보다 침착하고 현명한 또 다른 나에게
질문을 해보는 것은 어떨까?

'내가 지금 어떻게 하는 것이
 나에게 가장 좋을까?'

"너무 늦게 스포트라이트를 받은 것 같다는 소리를 요즘 자주 듣습니다. 하지만 스스로는 지금의 토대를 이루기까지 분명히 그 시간이 필요했다고 생각합니다."

누구에게나 자신의 때가 있다

청룡영화제에서 오랜 무명기간을 지낸 40대 여배우가 여우조연상을 받으며 자신의 심정을 표현한 수상소감이 온라인상에서 화제가 되었다. 그 기간 동안 아르바이트 수입에 의존할 수밖에 없었던 그녀는 몇 번이고 포기하고 싶었다고 한다. 하지만 그때마다 자신의 부족한 점이 보였고 '실력이 무르익을 때까지만 노력해보자'라는 말로 자신을 다독이며 자신의 실력과 운이 맞아떨어질 때까지 노력했다고 한다. 이렇게 부족한 채로 포기하면 나중에 후회할 것 같아서 그만둘 때 그만두더라도 최선을 다해보고 그만두자는 생각이었다고.

누구에게나 자신의 때가 있다.
그게 누군가에게는 20대, 30대 혹은 40대,
언제가 될지는 모르겠지만 그때가 오고 나서야
그동안의 힘든 시간들이 지금을 위한 과정이었구나 하고
생각하게 되는 것은 아닌지 하고 말이다.

하지만 그때까지 나 자신을 잃어서는 안 된다.
내가 하고 싶은 것, 나의 가치관, 나의 본 모습을
잃지 않으며 지켜나가야 한다.

언젠가 그런 나의 모습이
빛을 발하는 순간이 분명 올 테니까.

그 속을 누가 알겠어

늘 재주 많고 끼도 많아 친구들 중에서는 가장 잘 될 줄 알
았던 한 친구가 어느 날 전화를 걸어와 우는소리를 했다. 직
장 상사에게 "다른 길을 찾는 게 더 빠를 것 같다"라는 얘기
를 들었다고 했다. 한 직장에서 꽤 오래 근무했는데도 아직
까지 인정받지 못하고 자리 잡지 못했다는 생각에 고민이
많던 차에 그런 얘기를 들었으니 눈물이 핑 돌 정도로 충격
이 컸을 거다. 그런데 그는 '저 사람이 저렇게 말하는 걸 보
니 정말 포기하는 것이 맞는 것 같다'라고 받아들인 것이 아
니라 반대로 '내 안에 더 많은 것들이 있는데 저 사람이 제
대로 못 봤다. 언제 한번 제대로 보여줘야겠다'라고 생각했
다고 한다. 그 이후로 그 친구는 회사에서도 인정을 받아 성
공적으로 자리 잡았고, 좋은 조건으로 이직까지 했다고 들
었다. 그 일화는 이런 질문을 나에게 남겼다.

나라면 어땠을까? 그런 말을 들으면서도 견디는 것을 택했을까? 아니면 잘할 수 있는 다른 일을 찾았을까? 지금은 견디는 삶이 맞다고도, 그렇다고 무작정 다른 일을 선택하는 것이 맞다고도 말하지 못하겠다. 어쩌면 그 친구가 다른 일을 선택했다면 더 잘 됐을지도 모를 일이지. 인생에 IF는 없으니까. 하지만 적어도 누군가의 꿈이나 열정을 자신의 잣대로 판단해서는 안 되는 게 아닐까?

겉으로 보기에는 아무런 움직임이 없는 것처럼 보여도 속으로는 뜨거움을 혼자 삼켜내고 있을지 모를 일이다. 누구도 예상치 못한 성공을 거둔 사람들을 보며 습관처럼 '사람 일 어떻게 될지 아무도 모른다'라고 말하는데, 그 말의 예시가 되는 사람들은 대부분 남몰래 그런 열정을 품어온 사람들이 아닐까 추측해볼 뿐이다.

나 자신을 사랑하기

타인을 존중하고 사랑하는 것과 달리
내가 나 자신을 사랑한다는 것은 쉽지 않다.
타인과 달리, 나는 나를 바로 볼 수 없기 때문이다.
왜곡된 감정으로 바라보게 되거나,
타인에게 비친 나의 모습을 바라볼 가능성도 있다.

그 때문에 나를 있는 그대로 바라보고
사랑하는 데에는 배의 노력이 필요하다.
있는 그대로의 나로 있을 수 있었던 어린 시절을 지나,
내가 아닌 모습으로 변하는 것만 같지만,
그럴 때일수록 스스로에게 더 자주 묻는 수밖에 없다.

'내가 정말 원하는 건 뭘까?'

직장 내 상대성 이론

지난주에 회사 송별회에 다녀왔다는 친구의 표정이 좋지 않아 왜 그러느냐고 묻자 친구가 이렇게 말했다. 지난주 그만둔 것이 자기 팀장님이란다. 타 부서에는 깐깐하고 성격이안 좋기로 유명하지만, 알고 보니 팀원들에게는 회사 일부터 사소한 고민까지 살뜰하게 살필 정도로 굉장히 좋은 사람이었다고 했다.

그리고 그의 깐깐함은 단지 상대를 비난하기 위한 것이 아니라, 상대에게 미움받을 것을 알면서도 불합리한 것을 이야기하는 용기 있는 행동이 대부분이었다고 한다. 그래서어쩌면 반대 입장에 선 사람에게는 껄끄러울 수 있겠지만, 상대적으로 같은 입장에 서 있는 사람들에게는 그렇게 든든할 수가 없었다고.

세상에 미움을 받고 싶은 사람이 어디에 있을까? 그런 것을 감수하면서도 '아니라고' 말하는 사람이 더 소중하게 느껴지는 것은 그런 이유다.

쓸모없음의 쓸모 있음

내가 막 고등학교를 졸업해 스무 살이 되었을 때, 나는 남들이 다 가는 대학에 가지 않았다. 심지어 취업 준비를 한 것도 아니다. 그럼에도 내가 한 것이라고는 고작 방구석에 앉아 낙서를 끄적이거나 영화를 보는 것이었다. 그러니 부모님의 심정은 오죽했을까.

나야 내가 좋아서 하는 거라지만 그런 것들이 내 인생에 도움이 될 것이라는 생각도 들지 않았다. 하지만 그렇게 수십, 수백 장의 그림을 그리다 보니 그림에 스킬이 생겨 능숙하게 그릴 수 있게 되었고, 영화를 많이 보다 보니 자연스럽게 스토리를 구상하는 것에 관심이 생겼다.

어느덧 나는 웹툰 작가가 되어 있었다. 누군가는, 어쩌면 나조차도 쓸모없는 시간이라고 생각했던 스무 살의 잉여 시간들이 지금의 나에게는 가장 쓸모 있었던 시간들이었던 것이다.

인생은 쉽지 않다.
쓸모없다고 생각했던 경험들이 길게 보면
사실은 쓸모 있었던 것처럼,
나에게 진짜 쓸모 있다고 여겼던 것들이
의미 없어지기도 한다.

· ·

그러니 늘 완벽하게 준비하려 하기보다는
그때그때에 충실하는 것이 정답이 아닐까?

잘 기억하기의 의미

잘 기억한다는 것은 어떤 의미일까?
버릴 것은 버리고, 무엇을 남겨야 할지 아는 것,
잘 기억한다는 것은 그런 의미가 아닐까 생각한다.

그런데 요즘의 우리는
살아가는 데 별로 도움이 되지 않을 것들을 기억하느라,
정작 중요한 기억을 남기는 데 소홀한 것 같다.

번잡한 출근길에 벌어졌던 사소한 해프닝,
다른 사람이 나에게 무심코 했던 기분 나쁜 말,
나에게 '잘 안 될 거야'라고 속삭였던 세상의 말들.

하지만 살면서 마음에 남겨야 하는 것들은
이런 기억들이 아닐까?

행복한 순간의 추억,
내가 좋아하는 사람의 취향,
나에게 감동을 주었던 책 속의 문구…
그리고 나에게 힘이 되어준 사람들.

말의 가시

나도 모르게 말에 가시가 돋는 날이 있다.
인간관계란 참 어려운 것이 이런 날에도
사람을 만나고, 대화하고, 함께 어울리며
살아가야 한다는 것이다.
그런 날에는 나도 모르게 말에 찬바람이 쌩쌩 불고,
다른 사람의 마음을 헤아리는 여유가 부족해진다.
하지만 가시 돋친 말을 해놓고도 금세
'아, 이상하다고 생각하면 어떡하지?'
'분명 성격이 안 좋다고 생각했을 거야.'
하며 혼자 걱정하게 된다.
이러는 동안 마음속에 가시만 더 늘어난다.

'아. 외롭다.'

그런 날에는 돋아난 가시를 보며,

아무도 내 마음을 몰라준다고 외롭다고 푸념하기보다

차라리 그 가시를 꺼내어 가까운 사람들 앞에

드러내 보이는 것은 어떨까?

"나, 사실은 오늘은 기분이 좋지 않아. 왜냐하면…"

말을 하는 동안 마음속의 가시가

나도 모르게 줄어들어 사라져버릴지도

모르는 일이니 말이다.

외로움 연습

나는 사람을 좋아한다.

사람 만나는 것을 좋아하고, 그래서 친구들이 모이는 자리
면 대체로 참석하려고 한다. 그러나 왁자지껄한 시간이 흘
러가고 집으로 돌아와 혼자가 되면 다시 적막해진 기분에
울적함을 느낀 적도 많았다. 지금 찾아온 혼자만의 시간을
부정하듯 말이다. 즐거운 시간을 보내고 돌아왔으면서 이런
울적한 기분이 드는 것은 왜일까? 가끔 드라마나 영화 속에
나오는 멋있는 여자들을 보며 이런 생각을 한다. 하나같이
혼자 있는 모습이 멋있다. 저런 사람들은 외로움 때문에 고
민하지도 않을 것 같고 매사 자기애도 넘칠 것 같다.

'넌 참 사람을 편하게 해줘.'
'어쩜 어느 자리에 가든 그렇게 사람들이랑 잘 어울리니? 부럽다.'

그런데 실상 나는 어땠지? 사실, 조금 기분 나쁜 일이 있기도 했었는데, 분위기를 망치기 싫다는 이유로 웃어 넘겼었다. 아마도 너무 많은 사람들의 마음에 관심을 갖느라, 정작 내 마음에 대한 배려는 부족했던 것이 아닌가 생각한다. 사람을 좋아하는 사람에게는 역설적으로 혼자가 되는 시간이 필요하지 않을까? 다른 사람들의 마음을 늘 살피면서도, 결국 나의 마음을 살피는 것에는 소홀했음에 대한 보답으로 말이다.

겉과 속이 다르다

어차피 겉으로 보이는 내 모습과 진짜 내 모습은 큰 차이가
있는데 누군가가 나를 진정으로 안다고 할 수 있을까? 그런
생각에 누군가가 나에 대해 안 좋은 소리를 하면 '아무것도
모르잖아!'라는 식으로 귀를 막아버리는 사람들이 있다. 나
의 겉모습과 내면의 나는 가면을 쓰고 벗듯이 그런 식으로
분리될 수 있는 걸까?

학창 시절 남을 돕기 좋아하고 어려운 일에 매번 선뜻 나서
서 본인이 해결했던 친구가 있었는데 몇몇 친구들이 "착한
척하네"라는 식으로 비아냥거렸던 것을 본 적 있다. 그 말에
내 옆에 있던 짝꿍이 "야 너네. 만약 척이라고 해도, 꾸준히
같은 모습을 보인다면 그냥 그게 그 사람의 본 모습인 거야"
라고 대꾸했다.

그 말처럼 보이지 않는 내면의 나만이 내 본모습이 아니라, 꾸준히 같은 모습을 드러내면 그게 '진짜 내'가 되는 것이 아닐까?

어릴 때 장래희망 칸에는 참 적고 싶은 것이 많았다.
또 얼마나 마음이 수시로 바뀌었는지,
영화나 만화를 보면 항상 그 칸이 바뀌어있었다.
탐정 만화를 보면 탐정이 되고 싶었고
의사가 나오는 영화를 보면 의사가 되고 싶었다.
장래희망은 손에 꼽기도 힘들 정도였다.
그런데 요즘에는 '꿈은 뭐였어요?'라는 질문을 받으면
마음부터 아득해진다.

꿈을 먹고 산다

●

지금보다 어릴 때에는
'꿈이 밥을 먹여주지 않는다'라는 말에 동의하지 않았다.
'우리 때는 먹고 사느라 그런 거 없었다'라는
부모님 세대의 삶의 피로감이 느껴지는 말에도
여건이 안 된다는 말은 핑계이고
내가 진심으로 원하고 노력하면
뭐든 할 수 있을 거라고 생각했다.

그런데 최근에는 문득 그런 생각이 들었다.
정말 모든 것을 다 포기하고 내던지는 것만이 진짜 꿈일까?
어쩌면 지금 내가 있는 자리를 잘 지키는 것이,
할 수 있는 일을 하는 것이 꿈이 될 수는 없을까?

그 뒤로 나는 돈을 벌기 위해 일하는 것을
벌어먹고 산다고 표현하지 않고
'꿈을 먹고 산다'라고 표현한다.

인생에 정답이 있다고 생각하나요?

Yes   or   No

SPECIAL PAGES

우리는
모두
친구라는
사실을
기억할 것

함께한다는 거지

굳이 하나하나 지적하며 따지기 좋아하는 사람이 있다.
그런 사람들은 다른 사람의 잘못된 점이나,
고쳐야 할 점을 귀신같이 잘 찾아낸다.
듣다 보면 '어떻게 그런 것까지 알아봤지?'
하고 속으로는 내심 감탄할 때도 있다.

하지만 다른 사람들은 정말 몰라서
그 말을 하지 않았던 걸까?
어쩌면 알고 있으면서도 그 사람이
스스로 깨닫거나 더 좋은 답을 찾기를
기다리고 있었던 것이 아닐까?
때로는 알면서도 모르는 척하는 것이 정답일 때도 있다.

모르는 척한다는 말이 부정적으로 들릴 수도 있겠지만,
알면서도 심혈을 기울여 모르는 척하며 기다린다는 것이
어쩌면 더 많은 애정과 관심이 있어야
할 수 있는 일인지도 모른다.

이렇듯 함께한다는 말의 의미에는
그 사람이 서툴거나 조금 부족한 모습을 보여도
믿고 기다려준다의 뜻이 담겨 있는 것이 아닐까.

인간관계에 대하여

강강약약.

내면이 강한 사람일수록
인간관계에 있어서 강한 사람 앞에선 분명하게
약한 사람에게는 부드럽게 말할 줄 안다.

나에게 잘 대해주는 사람에게
잘해주는 것이 답인 것처럼,
나를 나쁘게 대하는 사람에게는
굳이 나를 낮춰가며 잘해줄 필요가 없다.

사람에 지친다거나,

인간관계가 어렵게 느껴지는 순간은

아마도 그 순서가 반대가 되었을 때가 아닐까?

주는 행복이 진짜인 이유

많은 사람들이 행복하기 위해 행복을 얻을 수 있는 방법을 찾는다. 사랑을 받기 위해, 칭찬을 받기 위해, 인정을 받기 위해 노력한다. 하지만 그런 행복에는 분명한 한계가 있다. 그리고 그게 지속적이라는 보장도, 나의 기대치를 충족시켜줄 만큼 충분할지도 모르는 일이다. 다른 사람이 나에게 그런 행복을 주기로 선택했을 때만 받을 수 있는 것이기 때문이다.

하지만 행복이 받는 것이 아닌 주는 데 있는 이유는,
행복의 주체가 나 자신이기 때문이다.
사랑해주고, 칭찬해주고, 인정해주고,
자신이 주체가 되니
그 크기와 지속력 또한 무한정이다.

우리에게도 빛나는 시절이 있었을까?
있었다면 이미 지났을까?
혹은 지나고 있는 중일까?
막막해서 눈앞이 캄캄하게 느껴지는 날에는
내가 충분히 반짝이는 사람이라는 것을 증명해줄
'빛나는 것 목록들'을 정리해본다.

빛나는 것들 목록

예를 들자면,
초등학교 때 학년 대표로
강단에 나가서 받았던 개근상장,
처음 맛보는 아이스크림의 맛에 놀라서
눈을 동그랗게 뜨고 있는 뽀시래기 시절의 나,
일요일 내 기상 시간을 담당했던 디즈니 만화동산,
종일 함께 뛰어놀았던 친구들에게 작별 인사를 하며
아쉬움에 뒤를 돌아봤을 때 환상적으로 펼쳐졌던 노을,
그런 빛나는 장면들을 사진처럼 찍어 마음속에 간직해둔다.

그리고 지금의 나에게 묻는다.
시간이 더 많이 흘러서 그 시절의 내가 돌아보면
'빛나는 것 목록'에 들어갈 지금의 장면은 무엇일까?

자신에게 관대해질 것

오래전의 어느 날, 나는 컴퓨터 화면을 켜놓고 멍하니 바라보고만 있었다. 남들처럼 학업이나 돈, 그도 아니라면 꿈을 택했다고 자신 있게 말할 수도 없었다. 친한 친구들을 제외하고는 모임에는 발길을 끊은 지 오래였고, 잊고 있어도 때가 되면 배달되어 오는 백화점 카탈로그처럼 안부를 물어오는 주변 사람들의 가벼운 관심이 부담스럽게 느껴지기도 했다. 정말 혼자 있고 싶다면 연락을 받지 않으면 될 텐데. 나는 혼자 있고 싶기도, 혼자 있고 싶지 않기도 했던 것 같다.

아마 마음이 지쳐있었던 거겠지. 대체 내 인생은 뭘까? 조금 이른 시기에 그런 고민이 시작되었던 것 같다. 남들은 일찌 감치 자기 자리를 찾아 살아가고 있는데, 나 혼자 동떨어져 제자리를 찾지 못하고 있다는 생각 때문이었다. 나는 아주 오랫동안 그 문제에 대해 고민했다.

누구에게나 그런 시기가 있다. 나만 뒤처지고 있는 것 같다 는 기분이 들 때, 남들은 쉽게 푸는 문제 앞에서 혼자 끙끙 거리고 있다는 생각에 무력해질 때, 큰 목표나 꿈에 비해 작 고 사소하게 느껴지는 내 고민들과 겨우 그런 것들을 끌어 안고 끙끙거리고 있을 나 자신이 너무 작게 느껴져서. 그런 고민을 털어놓는 나에게 친구가 말했다.

"원래 남의 떡이 더 커 보이는 거야. 남들이 보기엔 네가 얼마 나 재미있게 사는 것처럼 보이는지 모르지? 다 그런 거야."

그 순간 나는 무엇이 들어있는지도 모를
다른 사람의 초콜릿 상자를 들여다보느라,
정작 내 상자 안에 무엇이 들어있는지를
놓치고 있었다는 생각이 들었다.

"너는 충분히 잘 하고 있고, 잘해 왔어." 그 말에 눈물이 핑 돌았다.

충분히 잘 하고 있고, 잘해 왔다. 어떻게 보면 지금의 그 고민이, 내가 나름대로 고민하고 노력해서 살아왔다는 증거일 테니까. 고민의 한 챕터를 지나온 시점의 나는, 어쩌면 우리가 방황을 하게 될 때는 나름의 이유가 있어서일 거라는 생각을 한다.

다만, 고민이 깊어지고 방황이 길어질수록
나를 제대로 바라볼 것.
그리고 나 자신에게 관대해지는 연습이 필요하다.

생각의 전환

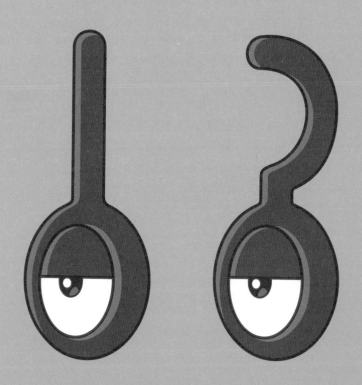

단점이 없는 사람이 없듯 장점이 없는 사람도 없다.
그런데도 사람들은 장점보다는 단점에 집중한다.
그것은 '단점이다'라는 측면에서
그것을 바라보기 때문이다.

하지만 생각하기에 따라 단점이 장점이 될 수도 있다.
고치고 싶었던 우유부단함은 어쩌면
다른 사람에 대한 배려심이 깊은 탓이었는지도 모른다.
작은 목소리도 듣는 사람에게 편안함을 느끼게 해주고
다른 사람의 얘기를 더 많이 들어주기
위해서라고 생각해보면 어떨까?

같은 상황도 자신이 가진 가치관에 따라
다르게 보기 마련이니,
그런 나의 단점도 장점으로 봐줄 사람들이
주변에 있다면 더 좋다.

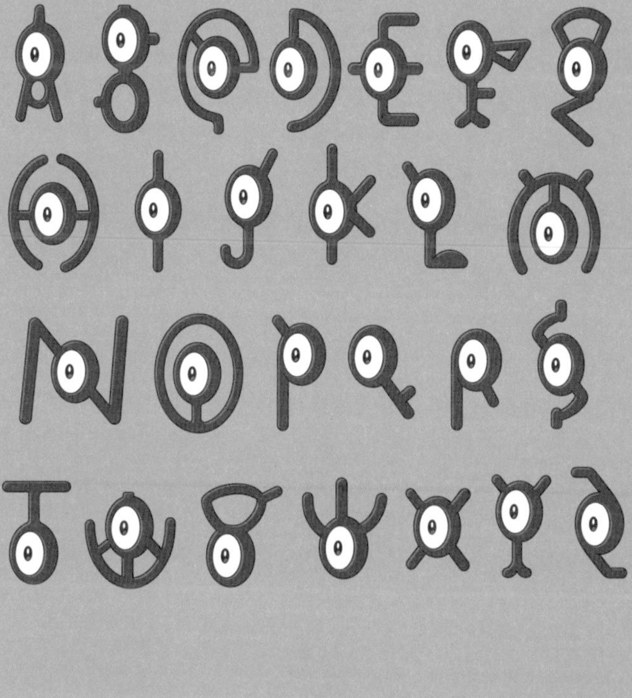

생각해보면 아빠는 처음부터 그랬다. 기억나지 않을 정도로
아주 어릴 적부터 나에게 뭔가를 부탁할 때는 항상 허락부
터 맡았다.

"지금 안 바쁘면 뭐 좀 부탁해도 될까?"
"그림을 그리고 있었네? 아빠가 좀 봐도 될까?"

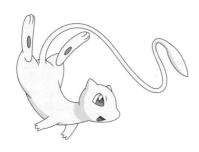

살금살금 말하기

어린아이인 나에게조차 조심스럽게 살금살금 다가와 말을 거는 것을 보며 나는 아빠가 조심스러운 사람이라고 생각했다. 아빠와 나 정도 사이면 심부름 같은 건 그냥 부탁하고 그냥 그림을 봐도 될 텐데 약간 이해가 가지 않기도 했다.

하지만 어른이 되고 나서 아빠가 나뿐만 아니라 주변 지인이나 막역한 친구와 대화할 때도 이런 화법을 쓴다는 것을 알게 되었을 때는 조금 달리 보게 되었다. 특히, 오래되고 가까운 사이일수록 이 '살금살금 화법'이 진가를 발휘했는데…. 상대방에게 존중받고 있다는 것을 느끼게 해줬기 때문이다.

우리는 나와 가깝다는 이유만으로 너무 쉽게 말하거나 무조건적인 이해를 바라는 경우가 많다. 그러다 보면 무심결에 선을 넘기도 한다. 나와 친하니까, 나를 잘 아니까, 이해해줄 거야 하는 생각은 너무 무책임하지 않을까? 재미있는 것은 아빠가 살금살금 화법으로 말을 걸면, 상대도 같은 화법을 쓴다는 것이었다. 그러니 배려받고 싶다면, 오래 봐야 할 사람들과 기분 좋은 대화를 이어가고 싶다면 먼저 살금살금 다가가 말을 걸어보자.

재미있는 것은
내가 살금살금 말하면

상대방도 살금살금 화법으로
대답한다는 것이었다

선의의 라이벌

1960년대에 수많은 명곡을 탄생시킨 비틀즈. 반세기가 지
난 지금도 비틀즈의 명곡은 꾸준히 사랑받고 있다. 비틀즈
를 좋아하면서 알게 된 사실이 있는데 비틀즈의 멤버 폴 매
카트니와 존 레논이 같은 그룹의 멤버면서 라이벌이었다는
사실이다. 그들은 서로가 서로의 음악적 재능을 감탄하면서
도 한편으로 질투를 했다고 한다.

아니 같은 그룹의 멤버였는데, 질투를?

질투는 나쁜 것일까? 특히 가까운 사람에게 느끼는 질투는 나 자신을 부정적으로 인식하게 만든다. 하지만 폴 매카트니와 존 레논의 일화를 들으며 느낀 것은 질투심이 성장 욕망을 자극한다는 것이다. 어쩌면 선의의 라이벌이 있었기에 그 둘은 더욱더 좋은 곡을 만들려고 열중했고 그 결과로 수많은 명곡들을 남기게 된 것이 아닐까.

나는 항상 주변 사람들이나 동료에게 좋은 일이 생기면 진심으로 축하해 준다. 한편으로는 이런 질문을 떠올린다. '나는?' 그러면 마음속에서 누군가가 '나도!' 하고 대답하며 나를 자극하는 것이 느껴진다.

그런 자극은 나의 인생을 대체로 더 좋은 방향으로 인도했다. 그러니 가까운 사람의 성공에 진심으로 기쁘면서도, 질투가 나는 모순된 감정이 들더라도 괜찮지 않을까?

우리는 모두 선의의 라이벌인 동시에

좋은 친구니까 말이다.

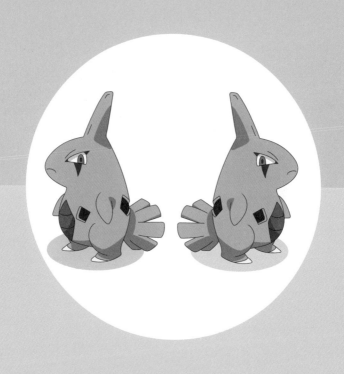

성장통을 끝내게 해준 말

어릴 때는 성장통이라는 것이 있었다. 나는 유독 심한 편이라, 밤마다 다리를 붙잡고 끙끙거렸던 기억이 있다. 성인이 되어 키가 다 자라면 성장통이 끝나는 줄 알았건만, 나의 성장통은 성장기가 끝난 뒤에 본격적으로 시작되었다.

내가 한 일이 나의 기대치에 못 미쳤을 때, 나의 꿈과 이상이 현실과 너무 동떨어져 있을 때, 사람 문제로 속상할 때, 모든 것을 내려놓고 싶을 정도로 막막한 감정이 밀려올 때, 나는 밤마다 끙끙거리면서 몸을 웅크린 채 잠들지 못했다. 그때마다 누군가가 귓가에 속삭였다.

'원래 그래.'
'아픈 게 당연해.'

그 말이 그렇게 듣기 싫을 수가 없었다. 그런 것들은 다른 사람이 아닌 이미 지나간 뒤에 자신이 스스로 깨달아야 하는 것들이었다.

하지만 그때마다 한편에서는 네가 아프지 않았으면 좋겠다며 따뜻하게 안아준 사람들이 있었기에, 그 시간을 무사히 이겨낼 수 있었던 것이 아닐까? 마음이 아플 때 우리를 밝은 곳으로 이끌어주는 말은 '나도 그래'가 아니다. 오히려 그 반대다.

우리는 특별한 존재이고, 그런 우리가 겪는 아픔들은 저마다 조금씩 다른 모습을 하고 있기 때문이다.

똑같은 풍경도 어느 쪽에서 바라보는가에 따라
분위기가 달라진다.
사람의 성격도 마찬가지다.
각자가 가진 가치관이나 성격에 따라
같은 상황도 다르게 해석한다.

스스로를 겁이 많고 예민한 성격이라고 여긴다면,
어떤 문제가 생겼을 때 두려움을 먼저 느끼게 된다.
하지만 반대로 섬세한 거라고 생각한다면,
그 문제를 섬세하게 관찰하여 풀 방법을 찾아내게 된다.

예민한 건가요? 섬세한 건가요?

예민함과 섬세함,
어떻게 보면 같은 듯 다른 이 한 끗 차이로
많은 것들이 달라질 수 있지 않을까?

나는 예민한 걸까? 섬세한 걸까?
선택은 자신에게 달려있다.

마음 스트레칭

운동할 때 우리는 꽤 오랜 시간 공을 들여 스트레칭을 한다. 평상시 사용하지 않는 근육에 예상치 못한 자극을 주기에, 그런 자극에 대응할 수 있는 유연한 몸을 만드는 것이다.

그런데 마음에도 스트레칭이 필요하다.

사람들은 보통 문제를 자신이 알고 있는 방법으로만 해결하려는 관성이 있다. 그런 고정관념이 늘 나쁜 것만은 아니다. 하지만 그 문제에 예상치 못한 변수가 끼어있을 때는 어떻게 해야 할까? 그럴 때는 심호흡을 하고 손끝과 발끝에 힘을 주었다가 빼는 동작을 반복하며 마음을 스트레칭해 보자. 그리고 이런 질문을 떠올려 보는 것이다.

'어찌 되었든 지금 내가 할 수 있는 최선의 선택은 무엇일까?'

그렇게 생각의 방향을 내면이 아닌 바깥으로 향하게 해 유연해질수록 한 가지 고정관념에 빠지지 않는다. 빠지더라도 잘못되었다는 생각이 드는 순간 금방 빠져나올 수 있게 된다. 생각했던 것과 다른 결과가 나와 마음이 혼란스러워질 때는 그 문제에 더 깊이 빠지기보다는 그 상황에서 빠져나와 먼저 마음을 스트레칭해보는 것이 답일 때도 있다.

듣기만 해도 마음이 간질거리면서
기분이 좋아지는 말들이 있다.
친절하시네요. 따뜻해요. 감사합니다.
정말 멋지네요. 사랑스러워요.
이런 간질거리는 얘기를 들으면
마치 간지럼을 타기라도 하는 것처럼
화들짝 놀라며 '아니에요, 뭘요~'
라는 식으로 손사래를 친다.
그렇게 잠시 마음을 밝혔던 기분 좋은 말들은
부정하는 반응과 함께 가볍게 잊힌다.

말 주머니

●

그런데 내 마음을 따끔하게 만드는 얘기일수록,
부정하기도 힘들고 가슴에 콕 박힌다.
별론데? 이상해. 대체 왜 그래? 쓸데없는 짓이야.
그런 얘기들은 이상하게 오래 남아
우리의 마음을 차갑게 얼린다.

만약에 말 주머니가 있다면
굳이 애써 마음을 따끔거리게 하는
기분 나쁜 말은 흘러가게 두고,
기분 좋은 말들만 모아 넣어두면 어떨까?
좋은 기분은 오래도록 유지하고,
나쁜 기분은 금방 흘려보낼 수 있도록 말이다.

친절함이라는 재능

마더 테레사는 친절한 말 한마디는 잠깐이지만
그 말속에 담긴 울림은 무궁무진하다고 말했다.
알버트 슈바이처는 지속적인 친절로
많은 것들을 성취할 수 있다고 말했다.
작자 미상의 한 명사는
친절하면 절대 후회할 일이 없다고 단언했다.
그리고 한 종교인은
'매일 적어도 한 사람을 행복하게 해줘라.
적어도 친절한 말 한마디라도 해라.
이렇게 한 주, 일 년, 당신이 생애에서 얼마나 많은
행복을 나눌 수 있는지를 헤아려보라'고 말했다고 한다.

나는 학창 시절부터 다른 친구들에 비해 뚜렷하게 잘하는 것이 없었다. 공부도 그럭저럭, 운동도 그럭저럭, 그렇다고 친구가 엄청 많거나 특별히 끼가 있는 것도 아니어서 그런 내가 한없이 작게만 느껴졌던 때도 있었다.

그런 내가 자주 들었던 칭찬 중 하나는 친절하다는 것이었다. 그런 친절함 덕분에 나는 사회생활을 하면서도 많은 덕을 봤다. 포기하고 싶어질 때나 인간관계로 스트레스를 받을 때, 여러 현실적인 문제들 앞에 서 있을 때 항상 주변의 좋은 사람들이 나를 좋은 길로 이끌어줬다. 덕분에 더 헤매지 않고 내 길을 찾을 수 있었다.

사회생활을 하다 보면 공부를 잘했거나, 능력이 출중하거나, 인맥이 뛰어나거나, 외모가 멋진 사람들을 많이 만난다. 어쩌면 좋은 인맥, 깊은 지식, 화려한 말솜씨처럼, 나의 진짜 재능은 친절함이 아니었나 생각한다. 친절함은 나와 상대방을 모두 함께 행복해질 수 있도록 만들어주는 마법 같은 재능이니까 말이다.

어린 시절 한 해의 마지막 날마다 나는 TV 앞에 앉아 카운 트다운을 하며 소원을 빌곤 했다. 그 시절 내 소원은 항상 '새 학기에는 친구를 정말 많이 사귀었으면 좋겠습니다'였 다. 새해 소원이 겨우 '친구를 많이 사귀었으면 좋겠다'라니. 하긴 그 시절에 친구보다 중요한 게 있었을까? 그때 친구를 염원하며 진지하게 소원을 빌던 어릴 적 내 모습을 생각하 면 아직도 웃음이 난다.

이별에 대처하는 자세

많은 사람과 친구가 될 수 있다는 말의 의미는 어쩌면 많은 이별을 한다는 의미다. 지금이야 메신저도 있고 휴대폰도 모두 사용하지만, 그 시절에 이사를 가거나 학교를 옮긴다는 것은 곧 영원한 작별을 의미했다.

작별을 할 때마다 우리는 눈물 콧물을 다 빼며 울었는데, 지금에 와서는 그때의 기억이 희미한 것을 보면 그때의 나는 지금의 나보다 이별을 더 잘 했던 것 같다. 그런데 이제 더 오래 울고, 더 오래 마음에 남는 것은 그만큼 이별의 의미 하나하나가 더 무거워졌기 때문이겠지.

더 잘 이별하기 위해
더 잘 만나는 법을
배워야 하지 않을까?

당신은 어떤 포켓몬과 만나고 싶나요?

(   )

SPECIAL PAGES

나는 늦은 밤 귀갓길에 비친 그림자를 좋아한다.

그림자의 상냥함

늦은 시간에 집에 돌아가고 있는데
한밤중 가로등 불빛에 생겨난 그림자가
어느새 나를 앞질러 있었다.

나는 늦은 밤 귀갓길에 비친 그림자를 좋아한다.
먼저 앞서가고 뒤에서 빛으로
비춰준다는 의미이기 때문이다.

나는 그런 그림자의 묵직한 상냥함을 닮고 싶다.

이 책에 등장하는 포켓몬 도감

피츄
전기를 모아두는 게 아직 서툴다. 깜짝 놀라면 자기도 모르게 방전하고 만다. 성장하면 능숙해진다.

뽀뽀라
기운차게 돌아다니지만 자주 넘어진다. 벌떡 일어나서는 호수에 얼굴을 비추며 더러워지지 않았는지 살핀다.

블루
무서운 얼굴 생김새지만 마음만은 매우 상냥한 포켓몬이다.

내루미
처음 본 것은 반드시 핥아본다. 혀의 감촉과 맛으로 기억해두는 것이다. 하지만 시큼한 것은 조금 꺼린다.

꼬부기
등껍질에 숨어 몸을 보호한다. 상대의 빈틈을 놓치지 않고 물을 뿜어내어 반격한다.

이상해꽃
비가 내린 다음 날은 등의 꽃향기가 강해진다. 향기에 이끌려 포켓몬이 모여든다.

해피너스
해피너스가 낳은 알에는 행복이 담겨 있어서 한입 먹으면 누구든지 웃음 띤 얼굴이 된다.

꼬마돌
오래 산 꼬마돌일수록 몸의 모난 부분이 깎여 둥그렇게 되지만 마음은 언제까지나 울퉁불퉁 뾰족하고 거칠다.

포니타
막 태어나서는 겨우 일어설 수 있을 정도이지만, 많이 달리면 하반신이 단련되어 달리는 속도가 점차 빨라진다.

야돈
꼬리를 강에 넣고 먹이를 낚지만 이윽고 무엇을 하고 있었는지 잊고 강변에 엎드려 누운 채로 하루를 보낸다.

미뇽
탈피를 반복하며 점점 크게 자라난다. 생명력이 넘치는 포켓몬이다.

나인테일
끈질기고 집념이 강한 성질을 가졌다.

마임맨
몸짓으로 눈에 보이지 않는 것이 그곳에 있다고 믿게 만드는 팬터마임의 달인이다. 있다고 믿게 만든 것은 정말로 나타난다.

탕구리
두 번 다시 만나지 못하는 어미의 모습을 보름달에서 발견하고 울음소리를 낸다. 뒤집어쓰고 있는 뼈의 얼룩은 눈물 자국이다.

롱스톤
뇌에 자석이 있어서 땅속에서도 방향을 틀리지 않는다. 나이가 들수록 몸이 둥그스름해진다.

브케인
겁이 많아서 늘 몸을 웅크리고 있다. 하지만 습격당하면 등의 불꽃을 타오르게 해 몸을 보호한다.

고라파덕
항상 두통에 시달리고 있다. 이 두통이 심해지면 이상한 힘을 쓰기 시작한다.

토게피
껍질 안에 많은 행복이 가득 차 있어 상냥한 사람에게 행복을 나누어 준다고 한다.

캐터피
다리는 짧지만 빨판으로 되어있어 비탈길이나 벽에서도 지치지 않고 나아간다.

닥트리오
본래 하나의 몸에서 세쌍둥이가 된 것이라 모두 생각하는 것이 같다. 힘을 모아 끝없이 파나간다.

럭키
행복을 가져다준다고 전해진다. 상처 입은 사람에게 알을 나눠주는 상냥한 포켓몬이다.

메타몽
몸의 세포 구성을 스스로 바꿔서 다른 생명체로 변신한다.

삐삐
보름달 밤에는 기운차게 논다. 동틀 녘에 지친 삐삐들은 조용한 산속에서 동료와 바짝 붙어 잠잔다.

피카츄
약해진 동료 피카츄에게 전기를 흘려보내 쇼크를 줘서 힘을 나눠준다.

구구
방향 감각이 매우 뛰어나서 아무리 멀리 떨어진 곳에서도 헤매지 않고 자신의 둥지까지 찾아 돌아올 수 있다.

뿔카노
머리는 나쁘지만 힘이 세서 고층 빌딩도 몸통 박치기로 산산조각 낸다.

켄타로스
항상 날뛰지 않으면 성에 차지 않는다. 싸울 상대가 없을 때는 큰 나무를 들이받아 쓰러뜨려 맘을 가라앉힌다.

붐볼
전기 에너지를 너무 모아서 팽팽히 부풀어 오른 붐볼이 바람에 날려오는 경우가 있다.

마자용
새까만 꼬리를 숨기기 위해 어둠 속에서 은밀히 지내고 있다. 자신이 먼저 공격하는 일은 없다.

뚜벅쵸
영양 만점인 흙을 찾아 몸을 묻는다. 낮 동안 땅에 묻혀 있을 때는 다리가 나무뿌리 같은 형태를 띠고 있는 듯하다.

솜솜코
한번 바람을 타면 솜 포자를 자유자재로 움직이며 세계 일주를 해버린다.

토게틱
행운을 가져다주는 포켓몬으로 불린다. 순수한 마음을 지닌 자를 발견하면 모습을 드러내서 행복을 나누어 준다.

아르코
장마의 계절이 끝나면 따뜻한 햇살에 이끌려 나온 아르코가 춤추기 시작한다.

발챙이
배의 소용돌이 방향은 태어난 지방에 따라 다른 듯하다. 걷기보다 헤엄치기를 잘한다.

강챙이
강인한 근육을 가지고 있다. 태평양을 쉬지 않고 계속 헤엄칠 수 있다.

파이리
꼬리의 불꽃은 기분을 표현한다. 즐거울 때는 흔들흔들 불꽃이 흔들리고, 화가 났을 때는 활활 맹렬히 불타오른다.

이상해씨
양지에서 낮잠 자는 모습을 볼 수 있다. 태양빛을 많이 받으면 등의 씨앗이 크게 자란다.

냄새꼬
강렬한 악취가 난다! 그럼에도 불구하고 1,000명에 1명 정도 이 냄새를 즐겨 맡는 사람이 있다.

라플레시아
꽃잎이 클수록 많은 꽃가루를 만들어내지만, 머리가 무거워서 금방 지쳐버린다고 한다.

잠만보
먹고 자는 것을 반복하다 하루가 끝난다. 큰 배 위를 놀이터로 삼은 아이들이 있을 정도로 얌전한 포켓몬이다.

우츠보트
머리에 달린 긴 덩굴을 작은 생물처럼 움직여서 먹이를 유인한다. 가까이 왔을 때 덥석 한 번에 삼킨다.

질뻐기
더러운 진흙이 온몸에 엉겨 붙었다. 지나간 자리에 닿기만 해도 독에 걸린다.

이브이
진화할 때 모습과 능력이 변하기 때문에 살기 힘든 환경에서도 잘 적응하는 희귀한 포켓몬.

나옹
낮에는 거의 잠만 잔다. 밤이 되면 눈이 빛나며 자신의 영역을 걸어 다닌다.

피죤투
아름다운 날개를 펼쳐 상대를 위협한다. 마하2의 속도로 하늘을 날아다닌다.

텅구리
어미를 만날 수 없는 슬픔을 극복한 탕구리가 늠름하게 진화한 모습. 단련된 마음은 간단히 꺾이지 않는다.

루주라
춤추는 듯한 자세로 리드미컬하게 걷는다. 그 움직임은 보고 있는 사람마저 얼떨결에 허리를 흔들 정도로 경쾌하다.

해루미
뜨거운 계절이 다가오면 얼굴의 꽃잎이 선명해지고 활발하게 움직이게 된다.

베이리프

목 주위의 봉오리로부터 풍기는 향긋한 향기는 향기를 맡은 사람을 힘나게 한다.

또가스

자극을 받으면 가스의 독소가 강해져 몸의 이곳저곳에서 강하게 내뿜는다. 동그랗게 부풀어 오른 후 대폭발한다.

라이츄

전기의 충격은 10만 볼트다. 자신보다 몇 배나 큰 상대를 일격에 기절시킨다.

두두

2개의 머리가 동시에 잠드는 일은 없다. 자고 있을 때 적에게 습격당하지 않도록 교대로 망을 보고 있기 때문이다.

푸푸린

성대가 아직 충분히 발달하지 않아 계속 노래 부르면 목이 아프다. 깨끗한 시냇물로 양치질한다.

푸린

노래할 때는 한 번도 숨을 쉬지 않는다. 어지간히 잠들지 않는 상대와 맞설 때는 숨을 쉴 수 없기에 푸린도 필사적이다.

푸크린

탄력이 뛰어난 몸은 크게 숨을 들이마시면 한없이 부푼다. 부푼 푸크린은 두둥실 떠오른다.

딱충이

거의 움직이지 않고 나무에 매달려 있지만 내부는 진화 준비로 굉장히 바쁜 상태다. 그 증거로 몸이 뜨거워져 있다.

뮤츠
싸움을 위해서 태어났으며 지금은 어딘가의 동굴 깊은 곳에서 잠자고 있다고 말한다.

쥬피썬더
체내에 전기를 모으는 것으로 곤두세운 전신의 털을 미사일처럼 연속해서 날린다.

잉어킹
튀어 오르기만으로는 만족스럽게 싸울 수 없어서 약하다고 여겨지고 있지만 아무리 더러워진 물에서라도 살 수 있는 끈질긴 포켓몬이다.

누오
배의 밑바닥이나 물가의 바위에 머리를 부딪쳐도 신경 쓰지 않고 헤엄치는 무사태평한 포켓몬이다.

침바루
전신의 독침을 사방팔방으로 쏘아댄다. 둥근 몸은 헤엄치는데 서투르다.

셀러
다이아몬드보다도 단단한 껍질로 싸여있다. 하지만 속은 의외로 부드럽다.

단데기
강철같이 단단한 껍질로 부드러운 몸을 보호하고 있다. 진화할 때까지 가만히 참고 있다.

슬리프
잠들게 한 뒤 꿈을 먹지만 나쁜 꿈을 먹으면 배탈이 날 때도 있다.

라프라스
사람이나 포켓몬을 등에 태워 바다를 건너는 것을 매우 좋아한다. 사람 말을 이해할 수 있다.

리자몽
강한 상대를 찾아 하늘을 날아다닌다. 무엇이든 다 녹여버리는 고열의 불꽃을 자신보다 약한 자에게 들이대지 않는다.

칠색조
빛이 닿는 각도에 따라 일곱 빛깔로 반짝이는 깃털은 행복을 가져다 준다고 한다. 무지개 끝에 산다고 전해진다.

삐
유성이 반짝거리는 심야에 지그시 하늘을 바라보는 모습은 고향의 기억을 떠올리는 것 같다.

데구리
산에서 굴러떨어질 때 몸의 여기저기가 떨어져 나가도 신경 쓰지 않는 호쾌한 성격이다.

안농
여러 종류가 있는 것은 각자 다른 능력을 지니고 있기 때문이라 한다.

뮤
맑고 깨끗한 마음과 만나고 싶다는 강한 마음을 가지면 모습을 나타내는 것 같다.

시라소몬
발이 2배 길이로 늘어난다. 처음 싸운 상대는 그 길이에 놀란다.

홍수몬
팔을 비틀며 날리는 펀치는 콘크리트도 부서뜨린다. 3분 싸우면 잠시 쉰다.

애버라스
땅속의 영양으로 성장한다. 대략 산 하나만큼의 흙을 먹으면 번데기가 된다.

꼬리선
잠잘 때는 교대로 망을 본다. 위험을 감지하면 동료를 깨운다. 무리에서 떨어지면 무서워서 자지 못한다.

페르시온
부드러운 근육 덕분에 발소리를 내지 않고 걸을 수 있다. 먹이를 사냥할 때는 순식간이다.

프리져
얼음을 조종하는 전설의 새 포켓몬. 날개짓을 하면 공기가 차갑게 식기 때문에 프리져가 날면 눈이 온다고 전해진다.

망나뇽
넓은 바다의 어딘가에 거처가 있다고 전해진다. 난파한 배를 육지까지 이끌어 준다.

버터플
꿀을 모으려고 꽃에서 꽃으로 날아다닌다. 어떠한 꽃이 제일인가 찾아낸다.

팬텀
한밤중 가로등 빛에 생겨난 그림자가 자신을 앞질러 가는 것은 팬텀이 그림자인 척하며 뛰어가기 때문이다.

서툰 어른이 된 우리에게, 추억의 포켓몬 에세이
서로 생긴 모습은 달라도 우리는 모두 친구

제1판 1쇄 인쇄 | 2020년 5월 14일
제1판 1쇄 발행 | 2020년 5월 25일

지은이 | 안가연
감수 | 포켓몬코리아
펴낸이 | 손희식
펴낸곳 | 마시멜로
책임편집 | 최경민
저작권 | 백상아
홍보 | 서은실 · 이여진 · 박도현
마케팅 | 배한일 · 김규형
디자인 | 지소영
본문디자인 | 디자인 현

주소 | 서울특별시 중구 청파로 463
기획출판팀 | 02-3604-553~6
영업마케팅팀 | 02-3604-595, 583   FAX | 02-3604-599
H | http://bp.hankyung.com   E | bp@hankyung.com
F | www.facebook.com/hankyungbp
등록 | 제 2-315(1967. 5. 15)

ISBN 978-89-475-4576-1 03810

마시멜로는 한국경제신문 출판사의 문학 브랜드입니다.
책값은 뒤표지에 있습니다.
잘못 만들어진 책은 구입처에서 바꿔드립니다.